Ingrid Bachér

Die Grube

Roman

Dittrich Verlag

Dieses Buch entstand mit finanzieller Unterstützung der
KUNSTSTIFTUNG ➲ NRW

Bibliografische Information der Deutschen Nationalbibliothek
Die Deutsche Nationalbibliothek verzeichnet diese Publikation in der Deutschen Nationalbibliografie; detaillierte bibliografische Daten sind im Internet über >http://dnb.ddb.de< abrufbar.

ISBN 978-3-937717-70-8

Lektorat: Marita Gleiss
Umschlaggestaltung: Guido Klütsch
Umschlagfoto: traumtod/photocase.com

Jeder Tag ist eine Fahrt durch die Geschichte.
Jim Morrison

Vorbemerkung der Autorin

In diesem Roman sind alle Personen, die mit Namen genannt werden, fiktiv. Ähnlichkeiten mit lebenden Personen können nur rein zufällig sein. Auch den Aschoffschen Hof gab es nicht. Doch die mit ihren wahren Namen genannten Dörfer und ihre Vernichtung, die Grube und ihre unaufhaltsame Ausdehnung, werden geschildert, wie ich es sah und erlebte.

Ich danke allen, die mir Auskunft gaben und die mich anteilnehmen ließen über zwei Jahrzehnte hinweg, in denen ein Dorf nach dem anderen für immer unauffindbar verschwand und dies mitten in unserem friedlichen Land.

In diesem Augenblick tauchen sie auf, dickrundige, phosphorisierende, vor sich hin schwebende Gestalten, purpurfarbig, weiß glühende Streifen im grünen Schuppengeflecht, wie gefaltete Gaze die Flossen, durchsichtige Wesen mit grau-samtenen Augen, golden umrandet, fremdartig und von unendlicher Schönheit, nie gesehen zuvor. Kleinere, wie aufrecht stehende Lampen, Korallenfische, bläulich rosa schimmernd. Aus sich selber heraus leuchten sie in dem teerschwarzen Meer, das sie umringt, durch das sie gleiten im Lichtlosen, von jeder Sonne Meilen tief entfernt. Zum ersten Mal seit Beginn aller Zeiten werden sie von uns beobachtet, vom Auge einer Kamera, deren Bilder ich auf meinem Computer vor mir sehe. Unter ihnen nie betretener Boden. Das letzte unberührte Refugium der Erde.

»Hier liegen unsere Ressourcen«, sagt eine Stimme. Ich schalte den Ton ab. Was ich sehe, kommt aus einer anderen Welt. Schnellfüßige Larven, rostfarbig und wie mit Schnee überstäubt, versinken in tierhaften Pflanzen, und blaugesichtige Drachenfische steigen auf und gleiten fort. Wäre ich fähig, mit allen Sinnen aufzunehmen, was ich sehe, würde ich andächtig erfassen, was ich nicht begreifen kann. Doch bin ich getrennt von ihnen durch Raum wie Zeit. Wenn ich den Kopf hebe und hochsehe, blicke ich durchs Fenster meines Zimmers. Es wird langsam dunkel draußen. Im Haus bin ich allein. Der Raum ist groß und die Lampe auf dem Schreibtisch, die Stehlampe etwas entfernt, sie geben nur punktuelles Licht. Die Tür zur Diele ist halb offen. Vor meinem Fenster hinter der Krone der Buche, die jetzt schon ohne Blätter ist, sehe ich die Lichter der Grube, nicht punktuell, sondern zusammengeflossen als einen rötlichhellen Streifen, Abgrenzung zum Himmel. Wenn ich mich darauf konzentriere, kann ich den Schaufelradbagger dort arbeiten hören, unaufhaltsam Tag und Nacht. Doch meistens höre ich ihn nicht. Vor einigen Stunden bekam ich einen Anruf und weiß noch immer nicht, wie ich darauf reagieren werde. Ein Justizangestellter teilte mir mit, das Verfahren sei eröffnet worden, um meinen Bruder, Simon Aschoff, für tot zu erklären. Seit 18 Jahren gilt er als verschollen. Seitdem der Aschoffsche Hof und das nahe gelegene Dorf Garzweiler zerstört wurden, hat kein Mensch ihn gesehen oder von jemandem gehört, der ihn gesehen hätte. Seine Freunde und ich erklärten, er sei verreist. Doch blieb das rätselhaft, weil er nie wieder auftauchte. Auch war schlecht vorstellbar für jene, die ihn kannten, dass er heimlich dies Land verließ, das für ihn »Heimat und Feld der Bewährung« war, wie er selber oft gesagt hatte. Das Gebiet, in dem sich Zukunft entschied oder doch deutlich wurde, was uns zukünftig erwarten würde.

Nun wird sechs Wochen lang das Aufgebot im Schaukasten des Amtsgerichts in Erkelenz aushängen, und auch in einer Tageszeitung soll es bekannt gemacht werden. In dieser Zeit hat Simon die Möglichkeit, sich zu melden, wenn er noch unter den Lebenden weilt. Widrigenfalls man ihn zu den Toten zählen wird und dies mit dem Datum Ende des Jahres, gerechnet fünf Jahre, nachdem er zum letzten Mal gesehen wurde. Sein Todestag würde so der 31.12.1997 sein, ausgefertigt das Urteil zum nun kommenden Ende des Jahres 2010. Man sagte mir, es sei üblich, die nahen Angehörigen zu benachrichtigen, damit sie Einwendungen vorbringen können, bevor die Akte des Lebens geschlossen wird. Ich würde diese Anfrage auch noch schriftlich bekommen. Doch erhielten sie meine Adresse erst jetzt von Simons Frau, meiner Schwägerin. Zudem wollten sie mich fragen, wie Heinrich Aschoff, mein Bruder, zu erreichen sei. Doch habe ich nur eine alte Adresse in Kolumbien, die wahrscheinlich längst überholt ist. Wir waren drei Geschwister, Simon, ich und Heinrich, der Jüngste, den wir Hinner nannten. Er setzte sich früh ab von uns allen, wollte lange Zeit weder mit Leben oder Tod dieses Landes, noch mit seiner Familie etwas zu tun haben. »Er ist ein moderner Mensch«, hatte Simon gesagt, »man muss ihn lassen.«

Natürlich hatten wir früher auch noch viele andere entfernte Verwandte. Doch das hat sich geändert. Sie sind tot oder fremd geworden, tauchen in keinem Gespräch mehr auf. Ich erinnere mich, dass ich als Kind noch gehört hatte, dass der Todestag von vielen Menschen, die im Krieg verschollen waren, von Amts wegen festgesetzt wurde mit dem Datum 31.12.1945. Ein und derselbe Todestag für vermisste Soldaten, Verschollene, Verschleppte, Ermordete, in den Schneewehen am Rande der großen Straßen Erfrorene, unkenntlich Gewordene, die nur im lichten Raum der Erinnerung derer, die sie liebten, anwesend als lebende Gestalten blieben. Das betraf damals auch Angehörige zweier Familien in Elfgen, einem nahen Dorf, in dem es Verwandte von uns gab. Für mich hatte das etwas Geheimnisvolles, als seien sie, die Totgesagten, nie ganz im Jenseits verschwunden, als fehle noch etwas, damit sie in Frieden ruhen könnten.

Vielleicht ist es deswegen gut, dass Kerstin, Simons Frau, nachdem sie ihn schon vor Jahren als vermisst gemeldet hatte, jetzt eine Todeserklärung wünscht. Sie hat mir eine SMS geschickt: »*Liebe Lale, hast Du die Nachricht bekommen? Was sagst Du dazu? Kerstin.*« Ich zögerte mit der Antwort. Schrieb endlich zurück: »*Liebe Kerstin, lass mich erst nachdenken, ich melde mich später. Lale.*« Wann ist dies später?, dachte ich, vielleicht in der Nacht, wenn ich mich beruhigt habe, wenn ich sicher bin, was ich ihr sagen will. Wir könnten telefonieren. Besser wäre, wir könnten uns treffen und miteinander reden. Ich habe ihr damals nur gesagt, dass Simon fortgefahren sei, vielleicht zu Hinner. Nicht gesagt habe ich ihr die Wahrheit. Simon starb am 15. März 1992 an einem Herzinfarkt. Doktor Sándor Magoni schrieb den Totenschein aus. Er praktiziert schon lange nicht mehr, lebt aber noch und kann das alles bezeugen. Auch dass Simon uns, die wir beteiligt waren, das Versprechen abgenommen hatte, zu schweigen über die Art seines Verschwindens. Der Tod war für ihn eine Frucht des Lebens, und so war sein Ende auch im Einklang mit seinem Leben gewesen.

Nun aber frage ich mich, ob es nicht Zeit wäre, darüber zu reden, bevor er ein x-beliebiges Datum als Todestag zugeordnet bekommt. Vielleicht haben auch Geheimnisse ein Verfallsdatum. Vielleicht hat er, der oft weiterdachte als wir, vorausgesehen, dass er eines Tages für tot erklärt werden sollte und dann alles noch einmal neu zu bedenken und zu verhandeln sein würde. Gelegenheit auch, sich noch einmal zu erinnern an die historisch würdige Existenz von

Garzweiler, Belmen, Priesterath, Elfgen – eingelebte Dörfer, und an die der Erde verbundenen Höfe, mit ihrem so unnachahmlich verwitterten Glanz des lange Erhaltenen, den auch unser Hof, der Aschoffsche Hof, gehabt hatte. Und dabei würde man auch über Simon sprechen und über das, was er gedacht und gefordert hatte, und gerade das wünschte ich mir oft. Denn beunruhigend und skandalös ist, was an vortrefflich Vorausgesehenem, nüchtern Erkanntem von so vielen auch in unserer Gegend hier publik wurde – und dann doch schnell dem Vergessen anheim fiel.

Angefangen hat alles 1952, als einige Menschen in Köln, die in einen Ausschuss gewählt worden waren, den Bergbaubetreibern, die im Tagebau Braunkohle abbauen, die Genehmigung gaben, 66 Quadratkilometer unseres Landes für ihre Interessen auszuweiden. Das bedeutete, dass einzeln stehende Gehöfte und die Dörfer Garzweiler, Belmen, Priesterath, und Elfgen, von denen einige schon über tausend Jahre lang existierten, zerstört werden mussten.

Damals war Simon, der den Hof unserer Familie später übernehmen sollte, vierzehn Jahre alt und ich neun und Hinner sechs Jahre. Wir lernten, dass der Boden, auf dem wir standen, kein sicherer mehr war. Auch wenn zwei Jahre später die Betreiber plötzlich vom schnellen Abbau unseres Landes Abstand nahmen, weil sie sich woanders engagierten. Nun hieß es, es könnten noch fünfzehn bis zwanzig Jahre vergehen, bevor wir Haus und Hof verlassen müssten. So blieben wir in der Warteschleife, bis es dem Konzern passen würde, auf unser Land zuzugreifen. »Gute Vorratshaltung«, sagte mein Vater, »wie die Spinnen, die ihre Beute abhängen, bis sie Bedarf haben.«

Das war die zweite Lektion, die wir darüber bekamen, wie es ist, in der Gewalt eines anderen zu sein, der kein Gesicht hat. Ab 1963 durfte dann auch nicht mehr neu gebaut werden in einigen Teilen des Gebietes, das nach unserem Dorf Garzweiler I genannt wurde. Auch wenn das Verbot später wieder aufgehoben wurde, so verließen doch viele Menschen nach und nach die Dörfer, weil sie in der ständigen Spannung, wann sie die Schlüssel ihres Hauses abzugeben hätten, nicht mehr leben wollten. Das Erstaunliche für uns war, dass diese Entwicklung unseren Ort für Fremde angenehm nostalgisch machte. So wie das letzte Tageslicht besonders aufleuchtet und alles im wärmeren Glanz hervorhebt, bevor es erlischt, so erschien nun Garzweiler den Besuchern als ein ungewöhnliches Dorf wie aus einer anderen Zeit. Es war nicht nur wohlhabend und sorgfältig gepflegt, sondern es hatte sich seine besondere Eigenheit erhalten, indem auch die Vergangenheit bewahrt geblieben war. Vielleicht weil hier Bauernhöfe noch mitten im Ort lagen, und Kirche, Marktplatz, Friedhof, Schule, die Werkstätten und am Rande auch die Gewächshäuser lange schon ihren angestammten Platz hatten. Die Alleen, die dorthin führten, waren so dicht, dass sie im Sommer lichtfleckigen Schattentunneln glichen, und alt waren die Hecken an den Rändern der Felder, die sich weit ins Land hineinzogen. So verharrten wir im trügerischen Ruhestand, während nicht sehr fern von uns die Gruben von Inden und Hambach nach und nach immer schneller und tiefer ausgehöhlt wurden. Wir mussten lernen, die Technik zu verstehen, die stetig effektiver wurde. Da sie keine Begrenzung duldete, bescherte sie uns unaufhaltsame Beschleunigung und die Notwendigkeit des ständigen Verbrauchs. Wir besaßen das Foto von einem Schaufelradbagger aus dem Jahr 1954. Keine zehn Meter war der Bagger hoch, während nun der größte Schaufelradbagger, der ab den achtziger Jahren zum Einsatz kam, eine Höhe von sechsundneunzig Metern hat und das Schaufelrad die Höhe eines siebenstöckigen Hauses. Das Land, das sie zum Agieren brauchen, wurde ihnen zugesprochen kraft eines Gesetzes, das noch aus der Zeit vor den kleinen Baggern stammte, aus dem neunzehnten Jahrhundert. Modifiziert hatte man es dann in der Nazizeit und später in unserer Zeit angepasst den Bedürfnissen des Tief-Tagebaus und ihrer Betreiber – ohne Rücksicht auf alles, was ihren Interessen im Wege stehen könnte. So tief die Braunkohle zu gewinnen, bedeutet Milliarden Kubikmeter Grundwasser zu opfern, lebendiges Wasser für totes, brennbares Material, und damit ständig Brauchbares in Unbrauchbares zu verwandeln.

Sieben Jahre der Ungewissheit, dann erlosch jeder Widerstand. 1959 gab die Regierung von Nordrhein-Westfalen das Land endgültig zum Abbau frei, nachdem zahlreiche Einwendungen der Gemeinden zurückgewiesen worden waren. Es ging dann nur noch darum, wann der Exodus stattfinden würde und wohin mit den Menschen, und was gab man ihnen dafür, dass man ihnen Haus und Hof, Friedhof und Felder und alle Zeichen einer gelebten Kontinuität nahm.

Die ersten Vorboten dieses Unglücks kamen in den siebziger Jahren. Mit Eisengittern kastenförmig geschützte grüne Pumpen wurden auf den Feldern installiert und begannen von da an jahrelang das Grundwasser abzupumpen und wie Abfallwasser in den Rhein wegzuleiten. Bald darauf kaufte die Firma Rheinbraun in unserem Dorf die ersten Häuser auf und die Gutachter gingen herum und ließen mit sich handeln. Als Verkäufer musste man sich gut stellen mit Rheinbraun und geschickt verhandeln. Eine andere Chance gab es nicht, weil es keinen anderen Käufer als Rheinbraun geben konnte. Wer sollte ein Interesse daran haben, in diesem zur Auslöschung bestimmten Land etwas zu besitzen, was in einigen Jahren vernichtet werden musste? Warum sich ein Haus zu eigen machen, ausgestalten und einwohnen, warum noch Bäume pflanzen, Kulturen anlegen und Wege plattieren, wenn man schon wusste, alles würde wieder herausgerissen werden, die Wände der Häuser eingeschlagen, das Holz der Bäume zerkleinert. Nichts würde sich auf lange Zeit entfalten können, am Ende würde alles Rheinbraun gehören. Und gab man den Besitz nicht freiwillig auf, dann würde er enteignet werden. So übel dies war, so wurde es schmerzhafter noch dadurch, dass nicht nur Rheinbraun der einzige Käufer war, sondern dass auch nahegelegt wurde, über den Kaufpreis nicht zu sprechen. Sodass jeder sich einbilden konnte, er hätte einen besonders guten Preis erlangt. Er war so der Firma dankbar, verschloss sich seinen Freunden und nährte das Misstrauen, das schnell untereinander aufkommen konnte. So zerfiel die Gemeinschaft in den Dörfern teilweise gerade in der Zeit, in der man sich gemeinschaftlich hätte wehren können.

Der Aschoffsche Hof lag am Rande von Garzweiler. Es war ein Vierkanthof. Haus, Scheune, Ställe und Remise bildeten gemeinsam ein geschlossenes Viereck um einen großen freien Platz herum. Zur Straße hin gab es, zwischen dem Haus und einem kleinen Nebenhaus, die mit einem Torbogen verbunden waren, den Eingang zum Hofplatz. Unter dem Torbogen eine zweiflügelige hohe Holztür, die selten geschlossen wurde. Über dem Tor die Jahreszahl 1796. Das war die Zeit der französischen Besatzung gewesen, und seitdem war der Hof im Besitz unserer Familie. Dass er nun mitten im Frieden und bei bester Prosperität auf Anordnung der Landesregierung zerstört werden sollte, konnte unser Vater nicht fassen. Wenn der Hof im Krieg zerstört worden wäre, heruntergebrannt alle Gebäude bis auf die Grundfesten, wir hätten ihn wieder aufgebaut. Wenn wir alle tot wären oder keiner mehr da wäre aus der Familie, der den Hof übernehmen könnte, so würde jemand anders ihn weiterführen und so jene ehren, die ihn über die Jahrhunderte hinweg erhalten hatten. Aber ihn aufgeben zu müssen, um den Gewinn eines Konzerns zu steigern, der billigen Strom versprach und für die späteren Folgen des Abbaus nicht einstehen konnte, das ließ unseren Vater zweifeln an Recht und Gesetz in diesem Land. Immer wieder suchte er nach einer Möglichkeit, dieses Unrecht zu verhindern. Doch konnte weder seine Generation noch unsere die Macht des Konzerns einschränken. Nicht nur waren wir oft gelähmt durch die lange Zeit des Abwartens, dieses epische Volumen an Tagen und Nächten, Jahr um Jahr – drei, vier Jahrzehnte lang. Sondern auch ernüchtert durch die vollkommene Gleichgültigkeit der Umwelt, die nicht wahrhaben wollte, was hier mitten in unserem friedlichen, wohlhabenden Land verabredet wurde zwischen Politikern und Bergbaubetreibern. Es hieß, wir müssten »das Opfer bringen«. Schon eine anrüchige Formulierung, und dies unter der Androhung: Sonst würden »die Lichter ausgehen« in unserem Land. Jedermann wusste, dass dies nicht stimmte. Aber man nahm es hin, so wie man hingenommen hatte, dass gesagt wurde, wenn ein Soldat fiel, er sei für die Freiheit des Vaterlandes gefallen.

Nicht wehren konnten wir uns gegen das, was immer näher kam – die Grube. Tag für Tag, Meter für Meter, bedrohlich wie in der Geschichte von Edgar Allan Poe die Sichel aus geschliffenem Stahl aus der Höhe des Raumes sich der Brust des gefesselten Gefangenen im Rhythmus eines Pendels unbeeinflussbar nähert.

Es gab viele Versammlungen auch in unserem Haus, in denen darüber gesprochen wurde, was mit jeder Familie im Dorf geschehen könnte und ob wir gemeinsam umsiedeln sollten und wenn, wohin dann. Und dies immer unter der Spannung des angekündigten Heimatverlustes, ausgeliefert den Plänen und dem Wohlwollen eines Konzerns, von dem wir finanziell abhängig wurden. Auch mein Vater nahm an diesen Versammlungen teil und Magda, die seit dem Tod unserer Mutter, 1958, das Haus führte, ganz im Sinne dieser altmodischen Formulierung. Sie war 1945 ohne Eltern als vierzehnjähriges Mädchen mit Flüchtlingen aus Pommern zu uns auf den Hof gekommen, und als die anderen nach einem Jahr weiterzogen, war sie geblieben. Das war unser Glück, nie wollten wir sie missen. Sie war weich und leicht korpulent. Unvergesslich ist mir ihr Lächeln, mit dem sie jedem begegnete und mit dem sie mich immer wieder überraschte. Es war die schiere menschliche Güte, sie zeigte sich in ihrem Antlitz und blieb ganz diskret dort wie ein Geheimnis, wie ein Licht. Wenn sie bei unseren Zusammenkünften anwesend war, erschien mir alles weniger hektisch, weniger bedrohlich, weil es Menschen wie sie gab. Auf einer dieser Versammlungen traf Simon auch Robert Marmelstein, den Archäologen, der sein Freund wurde bis zum letzten Moment. Marmelstein war damals mehr aus Neugierde gekommen. Sein Arbeitsbereich war das Land erst dann, wenn es gereinigt war von allem, was störend für den Abbau sein konnte. Eine leere Fläche, wo er hier und dort mal Grabungen machen durfte, zeitlich begrenzt, bis der Boden abgebaggert wurde.

Als zweiten Freund von Simon nenne ich Max Jansen, auch mit ihm teile ich das Geheimnis vom Ende. Doch kann Max kein Zeuge mehr sein, da er vor einigen Jahren bei einem Autounfall in Kanada ums Leben kam.

Unser Vater war schon mit Max Jansens Eltern befreundet gewesen, und auch unsere Großeltern kannten sich gut und halfen einander, wie erzählt wurde. Die Jansens besaßen einen dieser alten Höfe, die in fränkischer Bauart errichtet worden waren, wandnah zum Nachbarn. So war die Straßenfront geschlossen und in der Fassade der Eingang zum Haus und daneben das Doppeltor zum Innenhof, der rechts und links flankiert wurde von Remisen und Stallungen. Die Scheune schloss den Hof zum dahinterliegenden Land ab. Es war ein Hof, wie man bald keinen mehr finden wird. In den neuen Ersatzdörfern kann es keine Höfe mehr geben, weil dort aus hygienischen Gründen keine Tierhaltung mehr erlaubt wird. So sind sie auch keine Dörfer mehr, obwohl sie anstelle der alten zerstörten gebaut werden. Simon sprach oft über diese schleichende Umwandlung und Entwertung von vielem, was so lange Bestand gehabt hatte. Ich gewann den Eindruck, er wollte Distanz aufbauen, um gelassen bleiben zu können. Mir riet er, zu lachen, wenn es keine vernünftigen Erklärungen gab. Man müsse sich nicht verführen lassen von den Imitationen, Simulationen vorgegebenen Lebens.

In seinem letzten Jahr sah ich ihn manchmal übers Land gehen, als müsse er sich mit den Füßen merken, wie die Wege waren, die an den Feldern entlangführten. Er liebte die Weitläufigkeit unserer Landschaft, geprägt vor Millionen von Jahren vom Meer, und er liebte die Erde. Ich erinnere mich, als er zwölf oder dreizehn Jahre alt war, sah ich ihn oft nachts, vom Fenster meines Zimmers aus, ausgestreckt auf der Erde liegen. Einmal ging ich hinaus und fragte ihn, ob er so spüren könnte, wie die Erde sich dreht. »Nein«, sagte er, »ich spüre sie bis zum Grund.« Damals fürchtete ich ihn manchmal, weil er für mich unberechenbar in seinen Ideen war und dann wieder unverständlich schweigsam. Ja, er machte in jungen Jahren geradezu einen Kult daraus, nicht zu sprechen. Dabei versuchte ich, immer in seiner Nähe zu sein und mit ihm zu reden.

Doch als Simon erwachsen war, kam ich nur noch sporadisch in unseren Hof. Er machte sein Diplom als Landwirt, arbeitete mit unserem Vater zusammen und ging dann zwei Jahre nach Kanada, um die Welt zu erfahren. Er kam zurück, als Hinner endgültig den Hof verließ. Der Jüngste von uns ging im Zorn, er wollte nichts mehr vom Genius loci hören, von der Wirkung der toten Ahnen auf die Lebenden, nichts von unwiederbringlichen Werten und nichts von unserer Abhängigkeit. Was Simon bewahren wollte, hielt Hinner damals schon für hinfällig, und er war nicht davon zu überzeugen, dass jeder von uns handeln muss, um den Zerfall der Welt zu verhindern. Auch ihm war der Gedanke nicht fremd, dass es möglich sein könnte, dass wir im Kern der Fäulnis leben und dass von uns ausgeht, was wir bekämpfen. Aber er hatte anderes im Sinn, als sich davon bedrücken zu lassen. Er verließ uns mit einem triumphierenden Schrei, wie jemand, der durch ein Erdbeben aus der Situation eines Gefangenen befreit wird und das Licht begrüßt.

Später verteidigte Simon seinen Bruder stets, wenn über ihn gesprochen wurde. Suchte Hinner das Ungewöhnliche in der Welt im ständig sich Verändernden, neu Erscheinenden, so übte Simon sich darin, im Gewohnten das Ungewöhnliche, selbst das Verschwindende zu erkennen. Auch er wollte sich nicht bescheiden, nicht stumpf und nachgiebig werden. Mich lehrte er, nicht alles, was geschah, mit der üblichen Bescheidenheit geschehen zu lassen und nicht alles aus Nachlässigkeit, um nicht zu sagen Feigheit, zu relativieren und als normal hinzunehmen, was weder normal noch gerecht war.

1982 heiratete Simon Kerstin. Sie war eine leichtherzig schöne Frau, als sie zu uns auf den Aschoffschen Hof kam, und sehr viel jünger als Simon, damals gerade vierundzwanzig. Sie liebte ihn mit nervöser Zärtlichkeit. Und offensichtlich war sie auch verliebt in den Hof, in die schöne Fülle des ernsthaft Erhaltenen und lässig Gepflegten des Hauses. Gewiss hatte auch das sie betört und über alle Maßen für Simon eingenommen, zumal sie nicht gewohnt gewesen war, sich über ihre Gefühle Rechenschaft zu geben und in der ersten Zeit ihrer Ehe zu glücklich dazu war. Auch hatte sie wohl die Idee gehabt, man könnte den ganzen Hof, so wie er war, später dann einfach woanders wieder aufbauen, und vielleicht auch noch moderner, mit Marmorfußboden, wo jetzt alte Dielen lagen, wer weiß. Oder sie gehörte zu denen, die annahmen, Garzweiler könnte doch noch verschont werden, die Bagger würden stillstehen, die Lichter in den Gruben verlöschen und eine andere Zeit würde anbrechen, eine langsame, bedächtigere Zeit. Auch ich hätte es gerne geglaubt. Doch was täglich geschah, sprach dagegen. Rheinbraun übernahm strategisch geübt das Land. Da waren nicht nur die Schluckbrunnen für die Sümpfungen auf den Feldern und nicht nur die Gutachter, die immer häufiger in die Häuser kamen und taxierten, was Geldes wert sei. Sondern es liefen auch schon die Vorbereitungen zur Umsiedlung derer, die gemeinschaftlich in den neuen Ort hinüberwechseln wollten. Das veränderte die Beziehungen untereinander auf eine Weise, die wir nicht gewohnt waren, mit der wir nicht umgehen konnten. Die Reden wurden schrill oder geflüstert, das Schweigen bedeutete vielleicht etwas anderes, als man annahm. Die Angst war oft übermächtig, all das zu verlieren, was man liebte. Die Ungewissheit bedrückte uns, der Zweifel, wie ertrug man selber diese Vernichtung und wie reagierte man auf Zumutungen, denen man sich schlecht entziehen konnte. Nachts aufwachen und weinen, vor Trauer mürbe. Das zwangsläufig Unausweichliche empörte zuerst, dann lähmte es. Nachbarn verfielen in Streitereien. Dann wieder fanden sich Einzelne im Dorf zusammen, stellten sich gegen andere, da sie den wahren Verursachern dieses Unglücks nicht entgegentreten konnten. Wer immer von der Firma zu uns kam, war nur angestellt, nicht zuständig für das Gesamte, für Detailfragen hie und da hilfreich, vielleicht auch einflussreich. Auf jeden Fall musste man sich vorsehen. Schwierig wurde es von dem Augenblick an, da einer der Bewohner beschlossen hatte, dem Druck nachzugeben und zu verkaufen. Oder er war noch nicht ganz entschlossen, doch überzeugte sich selber immer mehr davon, dass es vernünftig sei, freiwillig zu gehen. Worin andere ihn bestärkten, die auch schon so weit waren, Haus und Hof an Rheinbraun zu verkaufen. Es sollte Geld geben, viel Geld. Ein neues Leben für manchen. Der Aufbruch. Vor allem die

Jungen fanden das nicht schlecht. Die Welt änderte sich und unsere Dörfer schienen nicht mehr passend in dieser Zeit zu sein. Doch lief das alles ziemlich verdeckt ab. Hier und da vermietete Rheinbraun eins der von ihnen aufgekauften Häuser an einen Mitarbeiter für die lange Wartezeit, bis es zum Abbruch kam. Andere Häuser blieben verschlossen, und Gras wuchs vor ihrer Tür.

Unseren Vater beunruhigte das sehr, dies Ausgeliefertsein den Interessen der Landesregierung und ihrer Wirtschaftspartner. Das fürchtete er am meisten, dass der Staat parteiisch wurde und nicht jeden Bürger gleich schützte. Das hatte ihn bedrückt bei den Nazis, obwohl sie ihm nichts antaten. Er starb 1983, in dem Jahr als Pitt geboren wurde, der einzige Sohn von Simon und Kerstin. Anton Aschoff war der letzte in der Familie, der sein ganzes Leben auf dem Hof verbracht und für dessen Erhalt gearbeitet hatte. Ein gläubiger Katholik war er und lange Zeit überzeugt davon, dass die Kirche sich einsetzen würde für die Menschen in ihrem Pfarrgebiet. Doch zuletzt glaubte er nicht mehr an die Ehrenhaftigkeit unserer Republik, an Recht und Gesetz für jedermann, und auch nicht mehr an die Kirche, die ihr eigenes Land, und es war nicht wenig gewesen, zu guten Preisen an den Bergbaubetreiber verkauft hatte. Seine alten Freunde sagten: »Anton hat Glück gehabt, er starb gerade noch rechtzeitig und kann in unserer Erde bleiben«. Tatsächlich wurden nach ihm nicht mehr viele Bestattungen auf dem alten Friedhof von Garzweiler erlaubt.

Bevor er starb, hatte unser Vater sich von Simon das Versprechen geben lassen, den Hof nicht zu verkaufen. Auch darauf zu achten, dass er nicht enteignet würde, was doch zwangsläufig geschah mit allen Gebäuden und Ländereien, die nicht freiwillig verkauft wurden. Auch sollte er auf alles Acht haben, was stets zum Wohlergehen notwendig gewesen war. Simon verstand das so, dass es nicht nur um das Wohlergehen des Hofes und der Familie ging, sondern dass er unlösbar verbunden war mit jenen, die vor ihm dort gelebt hatten und die nach ihm kommen würden. So sollte er bewahren, was den Menschen zuvor bedeutsam gewesen war, auch ausgleichen Schuld und für die Zukunft den Verfall aller Verantwortlichkeiten aufhalten.

Um zu verstehen, warum Simon dieses Versprechen gab, das kaum einzulösen war, muss man sich die Atmosphäre unseres Hauses in den Tagen vor dem Tod des Vaters vorstellen: den Halbschatten des Sterbezimmers, das große Ehebett, halb zugedeckt die eine Seite, in der so viele Jahre bis zu ihrem Tod seine Frau, unsere Mutter, geschlafen hatte. Und die Bereitschaft des Alten zu sterben, so als wüsste er, wohin er ginge. Morgens zwischen zwei und drei Uhr war er gestorben, in dieser Wendestunde zwischen der tiefsten Nacht und dem aufdämmernden Licht des Morgens. Die Stunde, in der früher so viele Kinder geboren wurden, als man sie noch kommen ließ, wann sie wollten.

Den ganzen Tag dann und bis in die Nacht hinein kamen Menschen ins Haus, um den Vater zu sehen und Abschied von ihm zu nehmen, der aufgebahrt in der Diele lag. Sein Gesicht war zur Maske geworden, hinter der er verschwunden war. Ich fürchtete, es könnte ihm kalt sein. Doch hatte er die Wärme mit fortgenommen. Nicht mehr uns zugewendet. Abwendung jetzt, abgewendet ins Nichterreichbare, Jenseitige, dahin, wo wir nicht folgen können, wir alle nicht, die wir bis zuletzt uns in der Diele aufhielten, nah ihm und dann selber zurückweichend in den Schatten der Wände, der Fensterhöhlen, aus denen kein Licht kam. Draußen kompakte Dunkelheit und innen nur das Funkeln der Kerzen. Die Tränen, das Schluchzen in der Nacht, die hallenden Rufe. Das Bild vor meinen Augen, in meinem Kopf, es verharrt, als sei es von der Todesstarre übermannt. Es zeigt diesen unendlichen Tod, wie er da lag. Und sie kamen und schlossen den Sarg, hoben ihn hoch und trugen ihn aus dem Haus. Immer wieder sehe ich, wie sie ihn anhoben, ruckend die Riemen auf den Schultern geraderückten, und ihn leise schaukelnd hinaustrugen, schaukelnd wie in einer Wiege. So wie er einstmals in der Wiege hin und her bewegt wurde, um Ruhe zu geben, sich einzugewöhnen in das Leben, in das Licht und den aufsteigenden Lärm um ihn herum. Einzugewöhnen in diese Sprache, die er nicht verstand, die er lernen würde, und die ihn nun nicht mehr erreichte, diese leisen geflüsterten Gebete, diese Beschwörungen. Vater unser. Er, der Vater, bleich und hager, ein Don Quijote im Tod, der die Waffen gestreckt hatte. Und wir begleiteten ihn zum Haus hinaus, da es so sein musste, er fortgetragen werden musste. Die Zeit verfiel mit jedem unserer Schritte, sie zählte uns aus, holte den Toten nicht mehr ein. Er war ausgeschert in Frieden, wie sie sagten. Nichts anderes ist vorstellbar.

Die Beerdigung war theatralisch schön, an einem hell blendenden Tag, wie in einer Prozession wurde er durch den Friedhof zum Grab getragen. Selbst das Geräusch der Füße schien gedämpft zu sein und sich unterzuordnen dem leichten Gesprächsgemurmel, das konstant die Oberstimme hielt. So viele Menschen gingen mit im Trauerzug, dass ich erstaunt war, woher sie alle kamen. Wie wenig wusste ich von meinem Vater, wie wenig von all den Menschen, die ihm nah gewesen waren und uns kondolierten. Simon ging mit Kerstin hinter dem Sarg, und sie trug ihren Sohn auf dem Arm. Magda und ich folgten ihnen. Hinner war nicht gekommen. »Herr, wir bitten Dich, gib unserem lieben Toten die ewige Ruhe, solange es Rheinbraun zulässt«, sagte der Pfarrer.

Oder irre ich mich, habe ich das erst kürzlich bei der Beerdigung eines Freundes hier in Borschemich gehört, bei der unser Pfarrer sagte: »Herr, wir bitten dich, gib unserem lieben Toten die ewige Ruhe, solange RWE power es zulässt.« In den mehr als fünfundzwanzig Jahren, die seit dem Tod unseres Vaters nun vergangen sind, änderte sich nur der Name, nicht die Vorgehensweise der Firma.

Den Friedhof von Garzweiler haben wir manchmal noch »Gottesacker« genannt. Dabei wirkte dieser Acker, auf dem Gott seine Ernte hält, eher wie ein großer angenehmer Vorgarten. Ein Grab neben dem anderen und jedes verschieden, doch gleich gepflegt und herausgeputzt wie Gartenstücke. Die Grabsteine wurden abgewaschen und glänzten in der Sonne. Als wir Kinder waren, musste einer von uns samstags auf den Friedhof gehen und den Weg vor der Grabstelle unserer Familie harken.

Viele der Namen auf den Steinen kannte ich. Sie erinnerten mich an Verwandte, Freunde und Bekannte, und mir fielen Geschichten ein, die man von denen erzählte, die hier zur Ruhe gebracht worden waren. Jeder Mensch hat das Recht, nicht vergessen zu werden, und von jedem bleibt etwas zurück. Dafür ist nicht nur jeder selber verantwortlich, sondern auch die anderen, die mit ihm lebten. Und Erinnerung spricht, sobald man nur einen Namen nennt. Allein die Kriegsgräber vom Ersten Weltkrieg und die vom Zweiten Weltkrieg blieben für mich stumm. Es waren Kreuze, deren vier Seiten gleich waren, wie aus einem Mühlstein herausgeschnitten. Steinerne Orden für die Toten. Sie glichen einander, als gäbe es eine Uniformierung auch fürs Jenseits.

Später, als Garzweiler kaum mehr existierte, wurde der Friedhof geräumt. Auch das Grab unseres Vaters wurde geöffnet. Ein kleiner Bagger wurde vor dem Grab in Positur gestellt und der Greiferarm, der immer etwas vom Arm eines Riesen hat, fuhr mit den Zähnen seiner Schaufel plötzlich hart in die Erde und öffnete sie. Als der Sarg herausgehoben wurde, zerfiel er. Da war es gut, dass weder Hinner noch Kerstin dabei waren. Nur ich und die Arbeiter sahen den schwarzen Anzug des Vaters, den Kopf, der sich abwärts senkte. Kerstin hatte mich gebeten, hinzugehen, weil einer von der Familie anwesend sein sollte. In dem Grab waren nicht nur unsere Eltern, sondern auch die Großeltern und zwei Schwestern meines Vaters beerdigt worden. Sie alle würden mit umsiedeln und im neuen Ort Garzweiler begraben werden. Ich sah auch, wie man andere sehr alte Gräber aufbrach und Helfer Knochen aufsammelten und in weißen Kisten zu einem Lastwagen brachten, in dem sie fortgefahren wurden. Es gab auch Gräber jüdischer Familien. Sie blieben unangetastet als 1938 ihre Synagoge zerstört wurde. Für Juden ist es ein Sakrileg, die Ruhe der Toten zu stören. Nun aber wurden auch sie aus der Erde gehoben und in den neuen Ort gebracht.

Später bin ich nochmal hingegangen. Da war das Friedhofsgelände mit Bändern abgesperrt, mit genau solchen rotweißen Plastikbändern, die man früher beim Dressurreiten und bei Ponyrennen auf unseren abgeernteten Feldern zur Markierung der Strecken und zur Abgrenzung des Publikums gespannt hatte. Ich habe Fotos gemacht und verwahre sie wie Familienbilder, obwohl sie nichts wiedergeben von dem, was ich empfand. Der Schrecken, der mich erfasste, galt nicht so sehr dem, was ich sah, obwohl unbeschreibliche Verwesungsgrade menschlicher Körper ans Licht des Tages kamen, sondern dem, was sich mir so offenbarte. Die Missachtung, mit der wir den Toten begegnen, zeigt, wie wenig wir uns selber achten. Denn in jedem von uns steckt auch ein Toter. Die Männer waren vielleicht vom Abbruchunternehmer gestellt oder von einer Bestattungsfirma. Ich habe sie nicht gefragt. Ich wünschte, du wärst dabei gewesen, Simon. Was hättest du getan, wenn es dir noch möglich gewesen wäre zu kommen? Hättest du, wie ich, nur zugesehen? Du wolltest immer tätig eingreifen, aber bei dieser Totenschau, was hättest du getan? Wie schade, dass unsere Gespräche von deiner Seite aus mit einem so tiefgründigen Schweigen geführt werden. Von dir habe ich gelernt, dass wir immer gleichzeitig Leben und Tod in uns tragen. Mein Skelett – du meintest mal im Scherz, es sei gewiss schön – ist das Bild des Todes in mir, so wie er auf mittelalterlichen Gemälden dargestellt wird. Und jetzt, so lange nach deinem Tod, bin ich nicht beunruhigt, wenn ich es manchmal so deutlich in mir spüre.

Noch einmal lebte Garzweiler auf, im Mai 1987, als das letzte Schützenfest gefeiert wurde. Einem Fremden wäre vielleicht gar nicht aufgefallen, dass viele Häuser nicht mehr bewohnt waren, die Jalousien vor vielen Fenstern auch an diesem sonnigen Tag fest verschlossen blieben. Zu der Zeit lebten schon die Hälfte der Garzweiler nicht mehr im Ort. Doch die Straßen waren üppig geschmückt, wie sonst auch jedes Jahr, und geschmückt waren auch die Tore der Höfe und Türen der Häuser. Im Festzug gingen viele Musikgruppen mit. Kaum waren die Töne der einen verklungen, hörten wir schon die der nächsten. Lachen und Rufen und Reden klangen in der Luft, und leicht bewegten sich Wimpel und Fahnen im aufkommenden Wind. Es war ein so glanzvoller Zug wie seit Jahren nicht mehr. Einige behaupteten, es sei der bemerkenswerteste in der langen Geschichte der Festzüge in dieser niederrheinischen Ebene. Darum noch einmal so heftig und dann doch gemäßigt das Aufblitzen der Freude, der Lebenslust, der Absage an den Tod, den der Schütze treffen kann. Ein junger Mann trug die Fahne der Garzweiler St. Sebastianus Bruderschaft, gestickt darauf die Worte: GLAUBE · SITTE · HEIMAT und die Jahreszahl ihrer Gründung, 1485.

Dem Zug voran gingen der Schützenkönig und seine Frau. Die Königin im lachsfarbenen Abendkleid, enge Korsage und eine weißwolkige Stola um die nackten Schultern. Es folgten die Königspaare vergangener Jahre, die Männer mit glänzenden Brustschildern, Gewehr über der Schulter, die Frauen in langen Ballkleidern. Es folgten die Männer in wechselnden Formationen und Uniformen, dann die Frauen, die Kinder. Auch waren viele Menschen gekommen, die in den Nachbardörfern gelebt hatten, die es seit Jahren schon nicht mehr gab. Die Dörfer ohne Wiederkehr, zu denen auch Garzweiler bald zählen würde. Sie kamen aus Solidarität, und nebeneinandergehend erinnerten sie sich an ihr eigenes

Leben. Was war es gewesen, was sie gewollt und getan hatten? Was wollten sie vergessen, und was erinnerten sie? Die Männer trugen die Fahnen ihrer Bruderschaften, und wir riefen ihre Namen und applaudierten vom Straßenrand aus. Ich erinnerte mich an den pompösen Festzug in Siena, mit dem die Palio-Spiele eröffnet werden, wo nicht nur die Vertreter der lebenden Contraden, Beifall überschüttet, auftreten, sondern nach ihnen kommen die Darsteller der toten Contraden, jeder für sich ernst einherschreitend mit geschlossenem Visier und gesenkter Fahne. Man vergisst sie nicht, aber keine Gemeinschaft, kein Stadtteil von Siena trägt mehr ihre Namen. Reminiszenzen. »Das Vergangene geht mit«, sagte ich zu Simon. Er beobachtete ruhig, was geschah, und es gefiel ihm nur nicht, dass die Musikkapelle von Rheinbraun abends im Festzelt aufspielte und es Dankesreden gab für die gute Zusammenarbeit mit dem Konzern. Hatten wir nicht noch immer, wie seit Jahren, am Ortseingang jedes Dorfes die Schilder in Form einer Verkehrswarnung mit der Aufschrift: *Ja – zur Heimat! Nein – zu Rheinbraun?*

Einen Monat später gab es das Richtfest der Bürgerhalle in Neu-Garzweiler. Auch diesmal spielte die Kapelle von Rheinbraun. Ich bewunderte die Tapferkeit einiger unserer Freunde, die sich entschlossen hatten, dorthin umzusiedeln. Der Himmel war wolkenschwer bei dieser Veranstaltung wie in einem melodramatischen Film. Bierkästen standen auf der Erde, die Straßen waren matschig und man stand fröstelnd herum. Da rief der Bürgermeister der Kapelle zu, sie solle: *Freut Euch des Lebens* spielen – und tatsächlich spielten sie es, und wir sangen das Lied so laut wir konnten, während manch einer weinte und schluchzte und sich zu fassen suchte.

Nach dem Schützenfest verlor Garzweiler seine Form. Es gab Tage, an denen wir pünktlich ab acht Uhr morgens, aus der Richtung von der einen oder anderen Straße her, den dumpfen Aufprall der Abrissbirne wieder und wieder hörten. Gleich darauf das Einstürzen der Wände. Bestätigung des Erfolges, dem ein Moment der Stille folgte, in dem Staub sich erhob und zuweilen ein Schrei von jemandem, der den nächsten Schlag forderte. Bis spät in den Nachmittag ging oft der Lärm des Abbruchs und des Abtransportes der Trümmer, die sogleich entsorgt wurden. Es sollten keine Ruinen stehen bleiben, die Erinnerung wecken könnten. Gut geplant war der Abriss, und was gewalttätig gewesen, hatte nicht lange gedauert. Nachdem auch die Kellerwände herausgeholt worden waren, wurde die Fläche eingeebnet, und mit der Zeit wuchs Gras darauf. So hatte es den Anschein, als wäre dort nie etwas gewesen. Nur die Absenkungen an den Bürgersteigen zeigten, wo die Einfahrten für die Garagen und für die Höfe früher mal waren. Manchmal kamen auch Frauen und kehrten die Straße, so wie es ihr Auftrag von Rheinbraun war. Alles wurde ordentlich gehalten, wie es normal zu sein hatte. Ja, und auch wir versuchten gemeinschaftlich, normal zu nehmen, was nicht normal war, nur um das, was man uns zumutete, zu ertragen. Wir begehrten nicht wirklich auf, waren eingewiesen darin, alles hinzunehmen und lenkten uns ab mit Alltäglichem. Dabei würde es noch einige Jahre dauern, bis nichts als nacktes Land übrigblieb, wo zuvor unser Dorf gestanden hatte, weil die Zerstörungen immer mal wieder ausgesetzt wurden. Wir hätten uns an sie gewöhnen können. Doch erweckten sie Schmerz und Wut und das überwältigende Gefühl der Ohnmacht.

Ich unterrichtete damals in einer Schule in Köln, konnte so in der Nähe von Garzweiler bleiben und abends zu unserem Hof fahren. So wie man einem Todkranken, den man liebt, möglichst lange noch nah sein möchte. Ich ließ damals die Schüler einen französischen Text von Paul Nizan lesen und ins Deutsche übersetzen: »Wir ersticken ... Ihr sterbt vor Bescheidenheit, wagt es, zu verlangen, seid unersättlich ... scheut euch nicht, den Mond zu fordern. Versucht nicht, eurem Unheil zu entwischen, findet seine Ursachen und zerschlagt sie.« Und wir diskutierten darüber. Ich erzählte ihnen von dem, was nur 50 Kilometer entfernt geschah und wie unser Land und unsere Dörfer aussahen, die bald niemand mehr sehen könnte, und was der Abbau für sie selber in Zukunft an Lasten bringen würde. Das war kein Kriegsschauplatz, den sie im Fernsehen sahen, das war vor ihrer Haustür der Ausverkauf des eigenen Landes für einen kurzfristigen Gewinn, der in die globalen Geldströme floss. Sie hörten mir freundlich zu, und ich merkte, es geschah so viel, was sie ständig hörten und nur flüchtig zur Kenntnis nehmen konnten. Auch gab es den angstvollen Respekt vor der Größe des Konzerns und die Sorglosigkeit, die Mächtigen würden schon wissen, was sie tun. Um sich zu empören brauchte es eigene schmerzhafte Erfahrungen und viele Gleichgesinnte, sodass eine Macht entstand im Begehren, das zu verlangen, was nachhaltig allen dienen würde. Doch war unser Gebiet schon frühzeitig und rechtskräftig Rheinbraun überlassen worden. So blieb uns nur Empörung, die erschlaffte, weil sie ergebnislos blieb. Auch gab es latent immer noch den Glauben an eine Obrigkeit, der man gehorcht, weil sie nun mal die Obrigkeit ist.

Mit Magda konnte ich nicht darüber reden, was sein würde, wenn wir den Hof verlassen mussten, wie ihre Zukunft sein könnte. »Das hat noch Zeit«, sagte sie, und dehnte so auch für mich die Zeit. Warum ständig an Auszug und Abbruch denken. Nur wenn der Lärm von draußen uns zu nah kam, sagte sie: »Es ist wie Krieg«, und erinnerte sich wohl an das Zusammenstürzen der Häuser hinter ihnen, als sie Kind war und mit ihren Eltern flüchtete und sie verlor. »Es ist Frieden, seit mehr als vierzig Jahren«, sagte ich, und sie lächelte, als müsste sie mich beruhigen. Sie hatte nun oft Pitt an der Hand. Vor allem sie sorgte jetzt für ihn, da Kerstin es nicht mehr aushielt in Garzweiler. Hatte sie zuerst bei jedem Haus gestanden, wenn es abgerissen wurde und intensiv zugeschaut, so langweilte sie allmählich dieser »Totentanz der Häuser«, wie sie sagte, dieses Absterben von allem um sie herum und dies Maschinelle, mit dem alles geschah, der spektakuläre Aufwand und das magere Ergebnis. Sie nahm ihr Auto und fuhr in der Gegend herum. Oft kam sie erst spät am Abend zurück, war in Erkelenz im Kino gewesen oder hatte Bekannte getroffen. Sie erzählte von allem mit einer Leichtigkeit, die sie in dieser Zeit gewann, und provozierte lächelnd. Auf ihre Art profitierte sie vom Aufbrechen aller Traditionen und Verpflichtungen, die mit unserem Ort verbunden gewesen waren. Wenn Simon sie bat, etwas öfter im Haus zu sein, konnte sie plötzlich hart und ausfallend gegen ihn werden, so als wäre er Schuld an dem, was geschah. Sie begann zu schreien, was er denn dächte, wie das Leben hier für sie sei, mit diesem Abbruchlärm und dem Dreck und Staub, und der ständigen Gegenwart der Vergangenheit, die doch keinerlei Einfluss mehr habe, die abserviert sei, wie sie rief, so vorbei wie abgebaggert und das nun bitte so schnell wie möglich. Manchmal gelang es Simon, sie zu beruhigen, und dann lachte sie und umarmte ihn. Aber das wurde immer seltener. Seitdem Garzweiler sich aufzulösen begann, fühlte sie sich mehr und mehr als Fremde, als Zugereiste, die nur zufällig das Schicksal aller teilen würde. Einmal ging sie zu einer Fotoausstellung in den schon verlassenen Räumen einer Bäckerei. Einige Familien hatten Fotos aus vielen Zeiten zusammengetragen und zur Besichtigung eingeladen. Kerstin hörte ihnen zu, wie sie sich erinnerten an Menschen, deren Bilder nun an der Wand hingen. Wie sie von dem einen und dem anderen sprachen, Geschichten erzählten oder auch einander widersprachen. War das nicht ein Foto aus der Zeit vor dem Zweiten Weltkrieg? Dieses Hochzeitsportrait eines Paares, er mit einem kleinen Schnurrbart und sie die Haare hochgesteckt, ein breites verträumtes Gesicht. Das war der Hauptlehrer gewesen mit seiner Frau. Sie hatten ihre drei Stuben über dem Schulraum gehabt, in denen alle Kinder in einer Klasse unterrichtet wurden. Sie gebar sechs Kinder, stand morgens früh auf, um die Schulstube zu heizen, bevor die Schüler kamen. Wer wusste was vom Schicksal der sechs Kinder, was war aus ihnen geworden? Und was aus den schönen Töchtern des Wirtes, die im Chor gesungen hatten? So fragten sie untereinander. Zwei wanderten in die USA aus, und eine wurde Opernsängerin in Melbourne. Man sah ihr Jugendbild an und stellte sich vor, wie sie auf der Bühne stand, ein spektakuläres Leben, das bald zu Ende war, da sie heiratete und in einem unspektakulären Leben verschwand. Und hier das Foto eines amerikanischen Soldaten, der einzige Mensch aus einer jüdischen Familie, der nach dem Krieg nochmal nach Garzweiler gekommen war, um zu sehen, wo er als Kind gelebt hatte, bevor seine Eltern mit ihm 1935 aus Deutschland flüchten mussten. Er sorgte dafür, dass 1945 ein Gedenkstein für die Toten der jüdischen Gemeinde aufgestellt wurde. Und wieder Gruppenaufnahmen von Schulklassen und vom Gesangsverein. Und das Foto eines Mannes, der erst 1950 aus russischer Gefangenschaft zurückkam. Dann das Foto eines Jungen, der Fußball spielte. Sie konnten sich nicht einigen, wer das gewesen war. Vielleicht war es ein Jugendbild des Mannes, der auf einem anderen Bild, sehr alt auf einem Stock gelehnt, bei den Pferden am Jauchewagen stand. War er nicht jahrelang Küster von St. Pankratius gewesen? Erinnert Euch, war er das, war er das gewesen? Wie waren wir jung damals und wie vergilbt einige Fotos schon. Sie zeigten die Toten wie Lebende und die Lebenden wie Tote, immer gleich anwesend. Alle waren gegenwärtig, weil erstarrt. Auch Kerstin betrachtete die Fotos mit Interesse, so wie man Fotos in Ausstellungen sieht und in fremden Gestalten das Allgemeine im Besonderen sucht. Sie sah die Verkleideten zur Karnevalszeit, die auch ohne Maske ihr unbekannt gewesen wären. Doch da fand sie ein Foto, schwarzweiß wie die meisten hier, das sie berührte. Auf einer Bank saßen fünf Männer im mittleren Alter, sie hatten helle Hemden an und trugen Westen und Hüte. So hatte ihr eigener Vater im Garten früher gearbeitet, den Hut über die Stirn gezogen. Bei dreien der Männer hatte jemand auf der Brust mit Kugelschreiber auf dem Foto ein kleines Kreuz gemacht zum Zeichen, dass sie nicht mehr unter den Lebenden weilten. Kerstin nahm den Kaffee, den man ihr anbot und stand mit der Tasse in der Hand noch eine Weile herum. Zu keinem der Fotos konnte sie etwas sagen. Das erwartete auch niemand. Aber sie fühlte sich nicht wohl dabei und ging, sobald das unauffällig möglich war.

Danach verlangte sie wieder und heftiger, dass Simon den Hof endlich verkaufen sollte. Aber er weigerte sich.

Simon wusste, dass er eines Tages unseren Hof aufgeben musste. Aber er erinnerte sich an das, was er seinem Vater versprochen hatte und zögerte den Abschied bis zum Äußersten hinaus. Er versuchte eine ungewöhnliche Regelung mit Rheinbraun zu treffen. Er würde ihnen das Land nicht verkaufen, sondern es nur verpachten. Lange Zeit würde ihm so ein Teil des Luftraums über der Grube gehören – so groß, wie seine Felder gewesen waren. Ein imaginärer Raum, der sich jedem Zugriff entzog.

Wir hatten selber immer fremdes Land zu unserem eigenen gepachtet gehabt, mussten dies aber schon Anfang der achtziger Jahre zurückgeben, da es zu Abbauland wurde. Doch das uns verbliebene eigene sollte bestellt werden bis zu dem Jahr, in dem wir den Hof verlassen mussten. Bis dahin ging die Arbeit auf dem Hof weiter wie gewohnt. Das Leben hatte eine Form gehabt und Simon würde sie nicht ändern, nur weil das Ende bevorstand.

Manchmal, wenn er im Hof oder auf dem Feld zu arbeiten hatte, nahm Simon Pitt mit, gab ihm kleine Aufgaben und ließ ihn auf dem Trecker mitfahren. Er wies ihn so spielerisch in die tägliche Arbeit ein, wie er von seinem Vater eingewiesen worden war. »Das braucht er nicht mehr«, sagte Kerstin. Aber Simon hörte nicht auf sie. »Kerstin und ich verstehen uns, auch wenn wir oft anderer Meinung sind«, antwortete er mir, als ich ihn fragte, was mit Kerstin und Pitt geschehen würde, wenn der Kleine so alt war, dass er zur Schule gehen müsste. Unser Schulgebäude stand noch, aber der Betrieb war 1987 eingestellt worden, als es keine elf Kinder mehr gab, die zum Unterricht kamen.

Nichts war normal mehr in diesem Dorf, das sich nach und nach auflöste, lärmbelästigt oft am Tage, doch ganz und gar verloren still des Nachts. Nicht nur die Häuser fehlten, es fehlten die Menschen, die den Häusern Atem gaben. Einmal fuhr Simon mit Pitt bis zum Rand der Grube. Vielleicht wünschte er, dass Pitt auch das Gefühl der Gefahr kennenlernen sollte, die Bedrohung, vor der er ihn schützen wollte. Es war Sommer, und er setzte sich mit dem Kleinen auf die Erde, in das zur Grube angrenzende Feld. Es sei ganz und gar mit wilden blühenden Kamillen bedeckt gewesen, erzählte Simon später. Die Grube war tief und lang, an ihren Uferrändern gab es Abbrüche und Terrassen. Auf einer der obersten stand der Bagger. Er war nicht weit von ihnen entfernt und in ständiger Aktion. Sie sahen dem unaufhörlichen Kreisen des Rades zu, an dem achtzehn Schaufeln hingen. Und sie hörten, wie sie die oberste Schicht des Feldes herausbrachen. Eine Schaufel Erde nach der anderen nahmen sie fort, sodass Simon mit dem Kleinen zurückwich. Der nahm es als ein Spiel. Ihn schreckte die Größe des Baggers nicht. Er war begeistert, stellte sich hin und machte mit den Armen kreisend die Bewegung des Rades nach. Als er dann noch verstand, dass dieses Ungetüm mit dem so lang ausgefahrenen Arm und den Schaufeln dirigiert wurde von der Kabine in der Mitte des Baggers, da winkte der Kleine heftig den Männern zu, die er hinter dem Glas sich bewegen sah. Sie waren für ihn Helden, waren mächtig, besaßen dieses Angreifertier aus Eisen und Stahl, diesen Unangreifbaren, und konnten bestimmen, was blieb und was weg musste. Pitt lachte und winkte, und einer der Baggerführer in der Kabine hob lachend seine Hand und winkte zurück.

Damals arbeitete dort noch nicht der größte Bagger der Welt, der berühmte Kruppsche 288er, sondern einer von den fünf mächtigen, nur etwas kleineren. Auch war es noch möglich, ganz nah an ihn heranzugehen, ohne Erlaubnis und ohne Werksbegleitung. Pitt war fünf Jahre alt. Seitdem sind mehr als zwanzig Jahre vergangen. Vielleicht erinnert er sich noch an den Moment, als er Arme kreisend vor dem großen Bagger stand. Und wie sein Vater ihn den ganzen Rückweg auf den Schultern nach Hause trug.

Der Aschoffsche Hof war für Simon das Vermächtnis seiner Familie, all jener, die zuvor dort gelebt hatten. Das Land, die Dörfer waren seine Hoffnung gewesen. Die Grube aber war sein Feind. Ursache und Symptom der Krankheit unserer Zeit. Die Grube war für ihn sichtbar die unfassbare Einöde eines von der Industrie missbrauchten Landes und die ungewöhnlichste Sensation. Nur nahm sie kaum einer wahr, der nicht in der Grube oder für sie arbeitete oder der nicht durch sie geschädigt wurde. Man übersah sie, so gewaltig groß sie auch war. Wirklich wahrgenommen wurde sie wohl nur von denen, die in diesen Jahren durch unsere Geisterdörfer gefahren wurden. Wenn ich morgens mal später nach Köln fuhr, kamen sie mir schon entgegen, die Busse mit den Touristen. Zur Vorbereitung waren sie im Schloss Paffendorf gewesen, dem offiziellen Sitz des Bergbaubetreibers, wo sie etwas über die Braunkohlegewinnung erfahren konnten. Es gab eine lange Tradition in dieser niederrheinischen Ebene, die damit begonnen hatte, dass man Braunkohle knapp unter der Erdoberfläche beim Umgraben finden konnte. Man holte sie sich und ging nach und nach etwas tiefer in die Erde hinein. Noch im neunzehnten Jahrhundert waren das nur zwanzig, dreißig Meter. Später folgte man den Flözen in immer tiefere Erdschichten und entwickelte dafür immer potentere Maschinen, um die Kohle schneller und gründlicher zu gewinnen. Verbrauch und Fördermenge stiegen, eins bedingte das andere.

Es gehörte zum Programm dieser Busfahrten, auch die sterbenden Dörfer zu besichtigen. Doch dies mehr im Vorbeifahren und niemals während gerade Haus, Hof oder Kirche abgebrochen wurden. Man besichtigte alles im ruhenden Zustand der Erwartung des sicheren Endes. Anschließend zeigte man dann Neu-Garzweiler, den Ersatzort, der gerade entstand. Da war alles so wie gewünscht, gleichmäßig neu, eine adrette Vorortsiedlung. Der Vergleich für die Fremden nur flüchtig Schauenden konnte zu Ungunsten unseres vergehenden Dorfes ausfallen. Wir sollten froh sein, dass es Rheinbraun und die Kohle gab. Ganz wie der Betreiber mit seiner tausendfach publizierten Reklame verkündete: BRAUNKOHLE – *ein Glück, dass wir sie haben.*

Oft hielt der Bus. Leute stiegen aus und gingen einige Schritte. Sie zögerten und wandten sich hier- und dorthin und betrachteten die isoliert stehende Kirche, die nicht mehr zu besichtigen war, und die übrig gebliebene Überdachung der Bushaltestelle, dort wo weit und breit kein Haus mehr stand. Vielleicht fühlten einige sich dann für einen Augenblick irritiert von einer diffusen Trauer, weil ein Hauch der Vergänglichkeit sie streifte. Eine Abbruch-Todesahnung, so im Sinne von »Warte nur, balde ruhest du auch«. Doch auch Empfindungen sind anregend, die einen Moll-

Klang haben. Hier fanden die Touristen einen Ort der Erregung, in dem der zivile Krieg des Friedens wütete. Es war die Dokumentation des Gewalttätigen, die sie faszinierte, so wie auch jeder Unfall Zuschauer anlockt. Es ist die Lebensgier, die genießt anwesend zu sein, wenn die Vernichtung zuschlägt, die einen nicht selber trifft; wenn Inneres nach Außen sich wendet und das Intime allgemein sichtbar wird. Und hier nun öffneten sich die Häuser und zeigten ihr Inneres, dreiseitige Zimmer in die der Wind hineinfuhr. Die Kacheln an der Wand, dort die Tapete, deutlich die Spuren an den Wänden wo Bilder hingen, herausgerissen die Treppe, die hinaufführte. Wer ging dort und wie oft hinauf und hinunter? Manchmal fragten die Besucher und lachten etwas dabei, warum wir noch hier wären, da es doch ersichtlich sei, dass hier nichts mehr übrigbleiben würde. Der Ort, nicht mehr als ein zerschundener, vielfach amputierter Körper, vorm endgültigen Verschwinden zur Besichtigung freigegeben. Oder vielleicht sahen sie unser Dorf wie ein Filmgelände an, als wären wir Statisten in einem Dokumentarfilm, der *Verlorene Heimat* heißen könnte. Wobei das Wort *Heimat* manchen Zuschauer vielleicht an *Blut und Boden* erinnerte und so einen zweifelhaften Klang bekam. Keiner von ihnen konnte wissen, was für uns hier diese Heimat gewesen war. Zuschauer bleiben immer vor der Tür.

Am Schluss der Besichtigungstour kletterten alle wieder in den Bus. Manche winkten uns noch zu hinter dem Glas der Scheiben, ein wenig wie ins Ungefähre. Sie meinten, außerhalb der Szene zu sein.

»Wie Tiere im Zoo werden wir angesehen«, höre ich jetzt noch Kerstin sagen, die sich oft darüber beschwerte, und darauf die Stimme Simons: »Schau doch wie ein Tier zurück.«

Die Busse fuhren weiter und brachten zum Abschluss der Tour die Fahrgäste bis zum offiziellen Aussichtspunkt. Er lag erhöht auf einem durch Abraum gebildeten künstlichen Hügel. Von dort war die Grube in ihrer ganzen Größe zu sehen, das ausgebaggerte Land, das Nichts, die Tiefe mit dem Nichts. Unmöglich sich vorzustellen, dass dort mal etwas anwesend gewesen war, was wir kannten. Die Realität dominierte. Der Umfang dieser Grube, Frimmersdorf West / Garzweiler I war so, dass man von der einen Abbruchkante nur schwach die gegenüberliegende erkennen konnte. Eine fremde Welt war hier implantiert in die uns bekannte, hatte sie verdrängt und drängte immer weiter nach außen, um sich ständig zu vergrößern, breiter und tiefer. Wobei es nicht mehr um ein Loch ging, obwohl wir lange Zeit diesen Einbruch in unsere Welt so nannten, sondern um eine tief versenkte Ebene, einem prähistorischen zurückgelassenen Flussbett vergleichbar, mit Abbrüchen und Terrassen an den Uferrändern, von denen aus die Bagger auf verschiedenen Ebenen sich systematisch in das Land hineinfraßen. Am Rad des Baggers hängend kehlten die Schaufeln die Erde ab, hoben sie hoch und überließen sie im Niedergleiten den Förderbändern. Tiefer dann gehend höhlten sie das Land weiter aus, legten bloß die verborgenen Schichten der Erde, die sich in Millionen Jahren gebildet hatten. Unterhalb des fruchtbaren Lößbodens zeigten diese sich wechselnd und im Abbau vermischend sandgelb, kalkweiß, rötlichbraun, bis dort, wo schwarz die Braunkohle sichtbar wurde. Auf dem festen Grund dieses schier endlosen breitflächigen Tales sah man weit entfernt Absetzer, Loren auf langen Schienenstrecken und Laufbänder, die Kohle und Abraum transportieren. Die einzig wahrnehmbaren Bewegungen waren die sich wiederholenden der Maschinen, die miteinander korrespondierten. So irrational alles erschien, wurde es doch perfekt rational gelenkt. Alles funktionierte durch sinnvoll verbundene Abläufe in Erfüllung des Planes, für den sie eingesetzt wurden. Innerhalb dieser Auflösung, der Auslöschung aller natürlichen Zusammenhänge herrschte die strikteste Ordnung. Nur zuweilen gab es irgendwo einen leichten Schleier in der Luft. Das waren punktuell aufsprühende Wasserfontänen, um den Staub zu binden. Den Abschluss bildeten, ganz in der Ferne am Horizont, wo der Himmel sichtbar die Erde berührte, die Kühltürme und hohen Schornsteine vom Kraftwerk Frimmersdorf. Aus ihnen stiegen Wasserdampf und Abgase, ballten sich zu sonderbar üppigen Formen, gaben dem Wind kaum nach, um erst hoch in der Atmosphäre sich aufzulösen. Sie konnten wie ein Natur-Ereignis erscheinen, doch waren auch sie ein Menschen-Ereignis, Teil seiner Erschaffung der Welt.

Das alles war für die Besucher so spektakulär, dass sie zögerten, zu ihren Bussen zurückzukehren. Gebannt blieben sie stehen und versuchten zu fotografieren was sie sahen. Vergeblich. Die Mondlandschaft, wie viele diese denaturierte Landschaft nannten, war mit einem Blick nicht einzufangen. Sie faszinierte den Betrachter, weil sie mit nichts Bekanntem vergleichbar war. Viele empfanden Hochgefühle bei ihrem Anblick, als könnten sie hier teilnehmen an der Öffnung eines Siegels der Natur und an der Bloßlegung der Zukunft. Es war der Triumph des technisch Machbaren, der sie selber stärkte. Hier wurde gezeigt, welche ungeheuren Möglichkeiten es gab, und es war erhebend zu denken, dass jeder von ihnen teil hatte an unserer modernen Zeit, die solche kühnen Umwälzungen zustande brachte.

Und es würde weitergehen. War die Grube schon gewaltig, so sollte sie noch einmal doppelt so groß werden. Schon 1987, als wir das letzte Schützenfest feierten und Kerstin gerade erst damit begann, Projekte für ein neues Leben zu entwerfen, war schon bekannt, dass der Betreiber im Anschluss an die Auskohlung unseres Landes mit seinem Maschinenpark weiterziehen wollte. Das neue Gebiet, das sie verlangten, hieß nun Garzweiler II. Achtzehn Dörfer, so der Plan, sollten unser Schicksal erleben, dem Tagebau weichen, wie es hieß. Wir wiederholten diese Wörter der Harmlosigkeit: *weichen.* Als könnten Dörfer und Wälder eben mal ausweichen und dann ihren Weg fortsetzen. Oder sie nannten die Vergewaltigung unseres Landes: *in Anspruch nehmen.* Was hatten sie nicht alles schon in Anspruch genommen, auch in den uns nicht fernen Tagebauen Inden und Hambach. Zum Opfer gefallen war ihnen bisher der Lebensraum von 32 000 Menschen, die ihre Heimat verlassen mussten, 135 Ortschaften, dabei viele denkmalgeschützte Höfe, Schlösser und Kirchen. Dazu sollten nun nochmal 12000 Menschen und 18 Dörfer kommen. Sogar um den Hambacher Forst, dem großen Waldgebiet, das seit über dreihundert Jahren von Menschen gepflegt und genutzt wurde, hatte der Tagebau keinen Bogen gemacht. Man sparte ihn nicht aus, sondern bestand darauf, dass er den Baggern weichen müsse. Nun gibt es ihn nicht mehr, der für uns ein grünschattiges Geheimnis war mit seinen tausendjährigen Bäumen, die wie seit Urzeiten vorhanden, sich noch im Niedersinken miteinander stützten. Im Frühling war der Waldboden besetzt mit Maiglöckchen, die stark dufteten. Überall auf den Märkten der Dörfer gab es dann Sträuße von Maiglöckchen. Früher hieß es, junge Mädchen verkauften sie, um sich Nadelgeld für ihre Kleidung zu verdienen. Doch das ist lange her. Die Nachricht von der geplanten Ausweitung der Grube brachte uns eines Tages Joseph Verheyen, ein alter Freund von Simon, Schreiner in Otzenrath. Ein sonst ganz unaufgeregter Mann, etwas schwer von Gestalt, aber behende und mit einem Sinn für Möglichkeiten, die ungewöhnlich waren, sodass ich immer Lust hatte, mit ihm zu reden. Er zählte die Dörfer auf, die in Zukunft dran glauben sollten. Das war erst mal sein Ort, Otzenrath, und zuvor schon Pesch und Spenrath. Später würden Holz, Lützerath, Borschemich und Wanlo aus der Welt verschwinden, sobald die Regierung dafür die Genehmigung gab und der Tagebau über die dann auch zu eliminierende A 44 hinweggehen würde. Danach, denn nie ist genug für die Krake, sollten die Bagger tiefer ins Land vordringen, über die nächste Autobahn, A 61, hinweg. Dort würden die Dörfer Keyenberg, Kuckum, Immerath, Holzweiler und zuletzt Kückhoven, wenn alles so lief wie geplant, mit der Zeit unauffindbar werden.

»Bis man dort alle Kohle herausgeholt hat, wird man das Jahr 2045 schreiben«, sagte Joseph. Mit dem Abraum von Garzweiler II wird man unser Gebiet, Garzweiler I, schließen, und die offene Grube, das riesige Loch, das von Garzweiler II übrig bleibt, sollte nach und nach mit Wasser von Rhein und Rur gefüllt werden. Dafür rechnete man ungefähr 35 Jahre. So würde, hundert Jahre nach Beginn der Planung, 2085, ein See entstanden sein mit einem Fassungsvermögen größer als der Bodensee. Das wäre dann ein schöner Badesee für unsere Urururenkel, falls bis dahin noch geklärt würde, wie man das Nachsickern unverträglicher Stoffe aus der Abraumerde ins Wasser verhindern könnte.

»Das ist ein großer, ein höchst gewinnbringender Plan«, sagte Simon anerkennend. »Ja, Weltklasse, wenn sie es schaffen«, sagte Joseph. Aber sie blieben ernst dabei. Nach all dem was mittlerweile an Schäden, die als Folge der Tagebaue auftraten, bekannt geworden war, konnte es nicht angehen, dass Rheinbraun die Ausweitung seines Geschäftes gleich für die nächsten hundert Jahre bald sicher in der Tasche haben sollte. Wer konnte das verantworten und genehmigen, oder war das nicht mehr miteinander gekoppelt, das Verantworten und das Genehmigen? Der Plan war so anmaßend, dass wir hätten annehmen können, kein Politiker würde seine Zustimmung geben. Doch konnten wir dessen nicht sicher sein nach den Erfahrungen, die wir mit ihnen gemacht hatten.

»Wir werden sie unter Druck setzen«, sagte Joseph, »es haben sich schon viele zusammengetan in den einzelnen Orten. Wir wollen nicht abwarten bis man uns mit Verträgen kommt, die schon rechtskräftig sind.«

»Die Krake hat einen großen Magen«, sagte Simon, »und bis jetzt hat sie sich noch nie überfressen.« Simon nannte Rheinbraun meistens nur »die Krake«, und er sagte das nachdenklich. Er wusste, wie schwach jeder Widerstand gegen sie gewesen war und dass es noch nie gelang, sie zu stoppen auf ihrer breiten Fahrbahn übers Land. »Sie ist unersättlich und das vor allem ist das Gefährliche. Es ist in ihrer Struktur angelegt, so wie sie ist und agieren muss. Was immer wir ihr auch geben, was immer sie sich auch nimmt, es wird ihr nie genug sein. Immer wieder die Steigerung, der unersättliche Hunger, die unaufhaltsame Beschleunigung und der unstillbare Drang nach Entgrenzung. So muss sie am Ende auch das zerstören, wovon sie sich ernährt.«

Obwohl wir nie darüber sprachen, wusste ich, wie Simon darunter litt, täglich zu sehen, wie Garzweiler langsam starb. Das hatte ihn verändert. Nicht nur dass er schmaler geworden war, sondern er lebte strenger mit sich, teilte seine Zeit genau ein, als müsste er über jeden Augenblick sich selber Rechenschaft geben. Er klagte nie über den Verlust unseres Hofes. Das geschah überall auch anderen Menschen, das muss man aushalten, meinte er. Doch worüber er immer wieder sprach, war der Verlust der Erde. Wie viele Menschen hätte sie in Zukunft noch ernähren können. Und wie man die Erde und alles, was sie war und in sich barg, missachtete, als Abfall behandelte, das war für ihn ein übles Zeichen der Zeit, ein Frevel, wie auch die Störung der Ruhe der Toten. Aus Erde bist du gemacht und zu Erde sollst du wieder werden. »Sie haben keine Ahnung mehr, was Erde ist, was Natur bedeutet«, sagte er, und darum also würde er mitmachen, sich in den nächsten Jahren nicht nur um seinen Hof kümmern, sondern sich auch mit der Krake anlegen – oder versuchen sich anzulegen. Denn oft hatten wir den Eindruck, dass sie es gar nicht bemerkte, auch wenn Hunderte demonstrierten und ihre Stimme erhoben. Oder wenn zigtausende Karten an die Landesregierung geschrieben wurden, um dort Hilfe zu bekommen gegen den Vormarsch der Krake. Was allerdings der falsche Adressat gewesen war. Aber an wen sonst sollten die Bewohner sich wenden bei ihrem Bemühen, ihr Land, ihre Dörfer zu erhalten. Dabei fiel mir erst jetzt auf, dass es eine Bedeutung haben konnte, dass diese oft tausendjährigen Dörfer seit einer Gebietsreform in den siebziger Jahren amtlich nicht mehr Dörfer genannt wurden, sondern Stadtteile hießen. Stadtteile der entfernt liegenden Städte Erkelenz oder Jüchen. Offiziell gab es seitdem keine Dörfer mehr.

Simon wollte auch Max Jansen dafür gewinnen, gemeinsam mit den Freunden aus Otzenrath gegen die Krake vorzugehen. Doch dieser wollte nichts damit zu tun haben. Er akzeptierte, was er nicht ändern konnte und gegen die Macht von Rheinbraun anzukommen, schien ihm unmöglich. Sie waren mächtig, Teil des Konzerns RWE. Sie hatten die besten Rechtsanwälte. Er hätte sich vielleicht einen guten leisten können, aber für wie lange? Sie hatten gut bezahlte Lobbyisten in Bonn und in jeder Landesregierung, er hatte nie Kontakt zu Politikern gehabt. Wie sollte er kämpfen? Und er reckte seinen Körper, machte einige ungelenke Boxerbewegungen: »Vielleicht so? Nein, lass es sein, wir können das nicht. Wir sind Landwirte, wir verstehen etwas von unserem Gewerbe, aber nichts von Politik und nichts von Energiewirtschaft, die können uns doch alles Mögliche erzählen.« Und außerdem, so meinte Max und wurde ernst, gab es nicht auch sonst überall im Land das Sterben kleinerer Höfe? Man musste beweglich sein, sich anpassen den neuen Gegebenheiten. Er, der so knorrig und ältlich erschien, würde nun mit der Zeit gehen. Die Gutachter von Rheinbraun hatten ihm ein Angebot gemacht, das er jetzt nicht mehr ausschlagen wollte. Zumal er fürchten musste, schon auf der schwarzen Liste von Rheinbraun zu stehen, von der immer wieder gesprochen wurde. Die Namensliste derjenigen, die sich nicht kooperativ gezeigt hatten. Sie konnten benachteiligt werden, indem man den Ankauf verzögerte, immer weitere Schwierigkeiten machte, auch wenn der Verkäufer das Geld für etwas Neues eilig brauchte. Oder sie konnten den Preis drücken, die Abhängigkeit besonders spürbar machen. Um dem zu entgehen, wollte Max jetzt schnell verkaufen.

Wenn er solange gezögert hatte, dann vor allem seiner Frau Else zu Liebe. Sie wollte bleiben, wollte sich nicht trennen von dem Hof, ihrer Heimstätte. Und auch Simon hatte ihn gebeten, so spät wie möglich aufzugeben. Aber nun wurde es für Max Zeit fortzuziehen. Er wollte endlich mit Else in Ruhe seine Tage verbringen, weit fort von allem hier, weit fort auch von diesem Land, das ihm keine Entscheidung über sein eigenes Leben ließ. Gewiss, er würde uns besuchen, solange Simon und wir noch bleiben würden. Er begann sich zu rechtfertigen, obwohl das gar nicht nötig war. »Wir wissen doch alle, der Bauernstand stirbt sowieso aus. Schon bevor Rheinbraun kam, gaben hier manche von uns auf. Man braucht uns nicht mehr.« Er wollte ins Holsteinische gehen, wo er vielleicht die Repräsentanz einer bedeutenden Autofirma übernehmen könnte. Er war schon immer ein Autonarr gewesen. »Das Leben ändern«, sagte er, »Widerstand ist vergeblich.«

»Vielleicht«, sagte Simon, »aber nicht zu widerstehen, heißt hoffnungslos sein.«

Else stand dabei, »Holstein. So weit entfernt«, sagte sie.

Max hörte nicht hin, lachte und legte Simon die Hand auf die Schulter. »Das stehen wir doch durch.« Es tat mir leid, dass sie bald Garzweiler verlassen wollten. Es wurde immer leerer um uns herum, und ich würde ihre Nachbarschaft vermissen. Max kannten wir schon seit jeher. Wenn er bei uns am langen Esstisch saß, dann sah ich ihn auch als Kind dort sitzen und neben ihm seinen Vater und seine Mutter. Beide hatte ich gut gekannt, wie auch sie mich als Kind und wie Max uns als Kinder erinnerte. Die Zeit und die Gewohnheit vertieften die Kenntnis voneinander. Oder doch nicht? Max erklärte nun Simon und mir, dass Vergangenheit nicht mehr zähle. Er habe jetzt nur noch für sich selber und für Else zu sorgen. Keine Sentimentalitäten von wegen Heimat und so. Else saß dabei und schwieg, nachdenklich beobachtend. Ihr Mann war ihr in diesem Augenblick beunruhigend fremd, obwohl sie dreißig Jahre mit ihm gelebt hatte. Sie wäre gern aufgestanden und fortgegangen. Doch Max sah aus wie der, den sie liebte. Nur was er sagte und wie er sie ansah, während er sprach, war eifernd hart, und ihr fröstelte. Sie holte sich ein Glas, nur um sich Zeit zu lassen, und schenkte sich Wein ein, den ich auf den Tisch gestellt hatte. Obwohl sie sonst nie Wein trank. Ich war beunruhigt, wollte aufstehen und sie in den Arm nehmen. Doch blieb ich sitzen und tat nicht, was ich wollte. Max und Simon sprachen über Freunde, die längst fortgezogen waren. Kerstin kam mit Pitt herein. Simon nahm ihn auf den Arm, und Kerstin sagte: »Das ist doch kein Leben hier.«

»Du wirst sehen«, sagte Simon, »wir werden nicht zulassen, dass immer mehr Land verlorengeht. Dafür lohnt es sich zu kämpfen.«

»Für mich nicht«, sagte Kerstin und blickte zu Else, die sich abwandte.

Was damals geschah zwischen uns allen, erkenne ich jetzt deutlicher, wie durch ein Fernglas, unerreichbar.

Tage und Wochen vergingen. Der Lärm aus der Grube war oft hörbar, je nachdem, wie der Wind stand. Unser Dorf veränderte sich. Es gab keins der Geschäfte und keine Gaststätte mehr, auch das Postgebäude war schon verschwunden. Dafür hatte es zeitweise noch einen Bus gegeben, in dem man die Postgeschäfte erledigen konnte. Der aber fuhr eines

Tages auch fort, ohne wiederzukommen. Übriggebliebenen waren drei Höfe, einige Häusergruppen und Häuser entfernt voneinander, davon einzelne schon verkauft, aber noch nicht abgerissen. Es beruhigte mich, dass sie immer noch da waren. Auch die vielen Gewächshäuser am Rande unseres Dorfes hielten sich noch aufrecht mit ihren Verstrebungen, ihren metallenen Skeletten. Doch das von innen weißgestrichene Glas war tausendfach scharfkantig zerbrochen und zersplittert. Dunkle Sterne im Weiß. Wohin wir auch schauten, die Zerstörung war in jedem Detail sichtbar. Es wunderte mich nur, wie schnell Erinnerungen ihren Halt verlieren. Wenn mich jemand fragte, wo welches Haus vor einigen Wochen oder Monaten gestanden hatte, antwortete ich unsicher. Stand hier das Haus unserer Freunde Tersteppen und hier die Bäckerei? Oder doch nicht dort? Zögernd ging ich über die leeren Flächen – dabei waren es ja keine Gräber. Die mächtige alte Buche, die bis zuletzt blieb, zeigte an, wo die Mitte des Dorfes gewesen war. Die Kirche wurde nicht gesprengt, wie man es zuvor in anderen Dörfern getan hatte. Dort hatte es deswegen Proteste gegeben, und so galt dies seitdem als pietätlos. Das erinnerte mich daran, dass auch die Art der Hinrichtung früher von Bedeutung gewesen war. Ob man hier im Mittelalter gehängt oder geköpft wurde, aufs Rad geflochten oder gevierteilt, das war abhängig gewesen von der Bedeutung des Verurteilten und von seinem Verbrechen.

Tagelang dauerte der Abriss von St. Pankratius. Zuerst wurde die Turmspitze heruntergeholt, dann schlug die Abrissbirne zum ersten Mal gegen die Kirchenmauer, dumpf aufschlagend wie ein Pochen, das Einlass verlangt. Wir meinten ein leichtes Beben der Mauer zu spüren. Doch blieb sie standhaft. Noch wäre die Kirche zu retten, käme jetzt im letzten Augenblick ein reitender Bote mit der Begnadigung, öffnete sich der Himmel für einen deus ex machina – aber nichts rührte sich. So sahen wir in beklommener Stille zu, wie der zweite Schlag gegen die Mauer prallte. Wir, das waren viele der zweihundert Menschen, die zu der Zeit noch in Garzweiler lebten, und viele von den über tausend früheren Bewohnern unseres Dorfes. Einige waren von weither gekommen, um den Abbruch unserer Kirche zu erleben und von ihr Abschied zu nehmen. In ihr waren wir getauft worden, hatten die Feste des Jahres gefeiert und die Toten entlassen. Sie war Zufluchtsstätte und Mittelpunkt unserer Gemeinschaft gewesen, auch für jene, die kaum noch glaubten, aber die Zeremonien liebten, die hilfreichen Rituale, geübt seit Jahrhunderten, um uns ins Gleichmaß zu bringen. Ich wünschte, noch einmal in unsere Kirche hineingehen zu können, nur noch ein einziges Mal. Alles sollte verharren, dem Zeitstrom entrissen sein. Dabei wusste ich doch, wir können nicht ausscheren, nur der Tod holt uns aus dem Strom heraus. Und wieder war das erneute Anschlagen zu hören, die Ankündigung des Endes. Gleich darauf ein einzelner gellender Schrei, der in hoffnungsloses Weinen überging. Das war Erich, der kranke Sohn des Lehrers, den der Vater fest im Arm hielt. Ihm war der Schmerz in den Körper gefahren in dem Augenblick, als die Wand nachgab. Nun war sie geöffnet, Mauerbrocken stürzten nieder und wieder holte die Kugel aus, traf jetzt in schneller Folge.

Nur einen Augenblick des befreienden Triumphes gab es, als das Dach, nun nicht mehr ruhend auf den Wänden, für den Bruchteil einer Sekunde in der Luft schwebte. Das langgestreckte Kirchendach erhob sich unversehrt in einem Stück und schwebte frei in der Luft. Erst dann brach es auseinander und fiel zerstückt hinunter auf die Erde. Nicht nur ich sah es so. Dieser eine kometenhafte Augenblick war auch für viele andere, die es sahen, wie ausgesetzt aus der Zeit. Ein Augenblick, der zu einer anderen Realität gehörte, der man mit der Zerstörung nichts anhaben konnte. Gewiss, dieser magische Moment verflüchtigte sich und blieb doch widerständig in unseren Gedanken. Die Luft flirrte, weil die Feuerwehrleute mit Wasser während des Zusammenbruchs den Staub löschten. Er verklebte sich in den Zweigen der Ulmen, die nah der Kirche standen, und glänzte feucht funkelnd im hellen Mittagslicht. Plötzlich das Regenbogenlicht, zerstäubt überall.

Spät in der Nacht ging ich noch mal dorthin, sah die Halbzerstörte und fühlte, wie der Wind durch sie strich und mir Sand in die Augen wehte, die weinten.

Entweiht wurde die Kirche nur auf bürokratischem Wege, durch ein Schreiben vom 9.3.1989 des Herrn Generalvikar: »... da der Abbruch beabsichtigt ist, bestimme ich hiermit, dass die Kirche zum 1.6.1989 profanem Gebrauch zurückgegeben wird. Hierdurch verliert die Kirche den kanonischen Charakter als heiligen Ort. Mit freundlichem Gruß.« (Siegel des Bischofs.)

»Wir hätten die Feldheiligen behalten sollen«, sagte Simon damals zu mir, und in dem Augenblick erinnerte ich mich wieder an sie. Wir hatten sie als Kinder gesehen, verborgen in der Sakristei einer Kirche in der Nachbarschaft. Schon damals kannte sie kaum jemand noch, und jetzt stehen sie, ihrer Wirkung beraubt, in einer großen Scheune, im Lagerhaus des Bistums. Dort kann man sie noch finden, die kleinen christlichen Heiligen, die vor langer Zeit herumgetragen wurden auf den Feldern, mit Gesängen um Fruchtbarkeit bittend. Verwandelte heidnische Gottheiten, kaum ein Meter hohe Figuren mit weißen Gesichtern und Gewändern aus kostbaren Stoffen. Sie wurden im 18./19. Jahrhundert geschneidert aus den Samt- und Damastkleidern der reichen Damen, welche diese stifteten, wenn sie abgetragen waren. Ein wenig brüchig war die Kleidung der weiblichen und der männlichen Heiligen mit der Zeit geworden, aber immer noch dekadent farbig und glanzvoll schimmernd. Ihre Köpfe waren aus Holz, mit einer Schicht Gips überzogen und so ausdrucksvoll bemalt, dass ich mich noch immer an einige von ihnen erinnere. Sie waren von ungewöhnlicher Schönheit. Obwohl naturgemäß unbeweglich, meinte ich doch, sie sähen mich an und ich könnte mit ihnen sprechen, auch wenn sie den kleinen gemalten Mund nicht für eine Antwort öffneten. Aber wann antworten die Heiligen schon in der uns gewohnten Sprache? Ihre Augen waren dunkel, lächelnd ernsthaft, ihre Haut an den Wangen rosig angehaucht, als flösse Blut durch sie. Auch wenn den meisten nun die Haare fehlten und nur ein Metallstab oben aus ihrem Kopf ragte, auf den die Perücke gesetzt wurde, minderte das ihren Eindruck auf mich nicht. Auch hatten sie farblos durchscheinende Pflaster an einige Stellen ihres Gesichtes, dort wo die Restauratoren Risse in der Gipsbemalung entdeckt hatten und sie sichern wollten. So verletzt und behandelt kamen sie uns nahe durch die Andeutung der Vergänglichkeit, der auch wir unterworfen sind. Als Simon von den Feldheiligen sprach, verstand ich nicht, warum wir nie versucht hatten, sie aus ihrem Exil zurückzuholen, obwohl wir wussten, wo sie waren. Doch gab es gute Gesellschaft für sie in der Verbannung. Hunderte von Heiligen, Marienstatuen, Jesuskindern, Kreuzen und Reliquienschreine wurden dort aufbewahrt, seitdem die Kirchen moderner erscheinen sollten. Vieles, was Staub fing, wurde ausgelagert, auf Regale gestellt und gelegt, mit Pappschildern versehen wie Gepäckstücke, darauf Namen und Herkunft verzeichnet. Jene, die das veranlassten, wollten es einfacher in ihren Gotteshäusern haben, übersichtlicher. So sortierten sie aus, was sie überforderte, und wunderten sich später, dass nicht mehr übrig blieb als das, was sie verstanden.

Es war Mai, als Else im Jansenschen Hof Kisten und Umzugskartons packte. Sie fand kein Ende des Aufräumens und Umpackens. Einige Male halfen Magda und ich. Doch am nächsten Tag hatte Else alles wieder ausgepackt und erklärte uns, sie müsse es anders ordnen. Oder es müsse nicht alles mit, vielleicht auch nicht gerade dieses oder jenes. So packte sie ein und aus und wieder anderes ein und wieder aus, abwägend, was sie mitnehmen sollte, und im Zweifel, ob überhaupt irgendetwas für sie noch notwendig war. Aber wenn nicht, was dann? Schwer zu entscheiden war, was von all den Dingen ihrem Verlangen nach Beständigkeit noch genügen konnte. Die Auflösung war beschlossen, das Verschwinden des Gewesenen. Max nahm ihre Unruhe hin und ließ sie gewähren. Er hatte zu tun, wollte nicht der Allerletzte sein, der ging. Er wollte hinter sich lassen diesen Ort, der schon lange keiner mehr war, kein Dorf, keine Gemeinde, sondern nichts als eine Ansammlung von Straßen ohne Häuser, ausgeliefert dem Wind, der über das flache Land ging und den Staub vor sich hertrieb. Else aber wollte bleiben.

Wenn Max ihr erklärte, dass dies nicht möglich sei, widersprach sie nicht. Doch konnte sie auch nicht einwilligen in das, was geschah. Vielleicht dachte sie, dass es einen Ausweg geben müsste aus dieser Situation, die ja nicht das Ergebnis einer Naturkatastrophe war, sondern durch Menschen verursacht, verhandelbar also. Immer wieder beharrte sie ruhig und unbeirrbar mit leiser Stimme darauf, dass wir keiner Anordnung Folge leisten sollten. Für sie war es ein natürliches Recht, in der Heimat bleiben zu können, selbst unter den widrigsten Umständen. Max gab auf, sie vom Gegenteil zu überzeugen. So wurde es still zwischen ihnen, obwohl sie versuchten, freundlich miteinander umzugehen. Aber wie viel Distanz liegt schon in diesem Freundlichsein. Es war wie ein Fluch, das wachsende Fremdsein. Ich erkannte mit Schrecken, wie sehr sich Else veränderte. Dabei gab sie sich Mühe, zu sein wie gewohnt. Sie sprach mit uns und lächelte, so wie man ein Lächeln erinnert, um sich anzupassen an das, was die anderen erwarten. Sie wollte sein, wie sie sein sollte. Doch veränderte sich allmählich auch ihr Körper, der ihr fremd zu werden schien. Ungeschickt wurde sie, die früher so geschickt gewesen war, und linkisch, wie sie nun selber sich empfand. Ihre Angst vor Menschen wuchs, sie fürchtete, ihnen ausgeliefert zu sein, wenn sie ihr nahekamen. So ging sie oft nicht mehr mit, wenn Max fortging, blieb im Haus, beschäftigt mit irgendetwas, das ihr doch nie so gelang, wie sie wünschte.

Ihre ständig wiederholten Sätze, die Bitten und Forderungen waren für Max bald nur noch eine Litanei, auf die er nicht eingehen konnte. Es ergab sich für ihn kein Gespräch mehr, wie doch früher mit ihr, zuerst zwischen Liebenden, dann zwischen Eheleuten, die gut miteinander waren und sich kannten, aneinander gewöhnt und die nicht ohne einander sein wollten. Es war, als hätte es nie die Offenheit und das herzliche Verlangen nach der Anwesenheit des anderen gegeben. Jetzt bemerkte er nur, dass ihre ständigen Wiederholungen, die Bitte, bleiben zu können, den Tag erstarren ließ. Es kam ihm vor, als läge die Zeit an einem Anker und könnte sich nicht rühren, bliebe auf demselben Fleck, während alles ringsherum sich fortbewegte. Zurück blieben nur er und sie allein. Er, konfrontiert mit dieser leise klagenden Stimme: »Ich kann nicht fortgehen. Ich bleibe hier.« So als schlüge die Frau Wurzeln, würde zum Baum, ihre Arme wie Äste, die ihn umfassen wollten. Er begann sich zu fürchten, in diese Erstarrung mit hineingezogen zu werden, zu verharren wie sie. Er machte sich Vorwürfe. Vielleicht war er zu lange in Garzweiler geblieben, zuletzt meistens allein mit ihr, die so zerbrechlich geworden war. Eine Überreizung der Nerven, konstatierte der Arzt in der nahen Kreisstadt. Das war der Moment, wo er begann, sich von ihr zu trennen. Wenn ihr Zustand zur Krankheit erklärt wurde, brauchte man ihn nur noch hinzunehmen. Was sie sagte, waren Worte eines kranken Menschen, die Max überhören durfte. Er brachte sie noch zu anderen Ärzten und sie wurde schweigsamer. Endlich nun betrieb er schneller das Verlassen des Hofes auch in der Hoffnung, dass Else genesen würde, wären sie erst einmal in einer anderen Umgebung, fern der Normalität der Zerstörung, die hier herrschte.

Doch es kam anders. Monate später, als Max und Else schon nach Neu-Garzweiler zu Freunden gezogen waren und er gerade dabei war, ein Haus in Holstein zu kaufen, sah ich eines frühen Abends Else. Sie stand auf der Straße vor unserem Küchenfenster und sah in unser Haus. Ich hatte zu tun und winkte ihr zu. Ich wusste, das Tor zum Hof stand offen. Nach einiger Zeit fiel mir auf, dass sie nicht hereingekommen war. Ich lief auf die Straße hinaus. Aber sie war nirgendwo zu sehen. Auch ihr Auto nicht. So nahm ich an, dass sie weitergefahren war. Sie war aber nur bis zu ihrem alten Hof gefahren, der allein jetzt im planierten Land zwischen der Straße und den Feldern stand. Durch eine Kellertür war sie hineingelangt und durch das Haus gegangen, jeder Raum leer, die Fensterläden geschlossen. Weiter ging sie die Treppe hinauf, bis zum Dachboden. Dort fanden wir sie viele Stunden später. Regungslos in ihrem schwarzen Kleid ihr schmaler Körper, die Füße nur wenig über dem Boden hängend. Wie ein toter Vogel, verfangen in der Schlinge eines Strickes in einem altertümlich hohen, mit hölzernen Balken abgestützten Raum. Er hatte die Form eines umgedrehten Schiffskörpers, unter sich als Fracht das Haus, über sich den Himmel, in dieser Nacht wie ein stürmisches Meer. Hier hatte sie sterben wollen, nachdem sie lange unerkannt zwischen uns lebte. Denn dass sie nicht nur das Leben hatte, das wir bemerkten, davon waren wir alle nach ihrem Tod überzeugt. Darum wiederholten wir manches Mal noch, was wir von ihr wussten und tauschten es untereinander aus in der Hoffnung, in den beschämend geringen Kenntnissen und Indizien, wie bei einem Kriminalfall plötzlich einen Hinweis zu entdecken, der auf etwas anderes in ihrem Wesen wies als das, was wir kannten. Etwas das bestätigt wurde durch ihren Mut, sich selber den Tod zu geben. Es blieb etwas Rätselhaftes, und das war gerade angemessen, um uns eine Ahnung zu geben von der

Einmaligkeit eines Menschen, der in unserer Nähe so lange gelebt hatte.

An ihrem letzten Tag hatte Max sie schon seit Stunden gesucht, bevor er Simon und mich weckte. Gemeinsam fanden wir dann den Weg durch den Keller, den Else gegangen war, gingen wie sie durch die leeren Räume, rochen den leichten Modergeruch nie mehr gelüfteter, nie mehr geheizter Räume, den vielleicht auch sie wahrgenommen hatte, horchten, ob sich nicht irgendwo etwas bewegte. Aber es war nur ein Fensterladen, der hin und her schlug. Max stieg auf einen Stuhl, hob seine Frau hoch, löste den Strick.

Wie sehr wünsche ich jetzt, eingreifen zu können, die vergehenden Zeiten zu beeinflussen. Sodass, was geschrieben wird, nicht immer nur wiedergibt, was schon geschah, sondern dass sich das Geschehen nach dem richtet, was geschrieben wird. Else wird nicht zurückkommen in den Jansenschen Hof. Sie hält vor unserem Haus und sieht in das Fenster hinein, und ich winke ihr zu. Jetzt kommt sie zu mir in die Küche. Wir sitzen an dem langen Tisch, an dem immer alles beredet wird, und ich sage: »Bleib doch zum Essen – wir können Max anrufen.« Aber sie ist schon tot. Und Max weint und hält sie noch immer im Arm.

Nachts, wenn ich schlafen wollte, wurde unser Hof für mich zu einem Eiland, das nicht zu retten war, wenn die große Flut kam. Paradox schien das Gefühl der endlosen Langsamkeit des vergehenden Lebens um uns herum und zugleich die ständige Angst, dass auch die letzten Monate, Tage und Nächte zu schnell vorbei sein würden. Für jeden Tag war ich dankbar, den ich noch in unserem Haus bleiben konnte, in dem Zimmer, das ich schon als Kind gehabt hatte und in das ich vor Jahren zurückgekehrt war. Damals hatte ich mich von meinem Freund getrennt und wollte nichts anderes als bei bei meiner Familie sein, mit Simon hier in dem Hof, so lange es noch möglich war.

Magda schlief im Zimmer neben mir. Sie löschte früh das Licht. Manchmal hörte ich Kerstins Stimme erregt flattern, wenn sie mit Simon sprach, der noch einmal an ihre Tür gekommen war. Pitt schlief jetzt im Bett an ihrer Seite. Simon war wieder in sein altes Zimmer gezogen. Das Schlafzimmer unserer Eltern war nach wie vor unberührt. Die Tür wurde nie ganz geschlossen, ein schmaler Spalt stand offen, und sie hielt mich wach diese Anwesenheit des schwarzen Streifens zwischen dem weißen Türflügel und der Wand, dieses schwarze hohe Nichts. Es war nichts Konkretes, keine Farbe, kein Gegenstand, nichts als die Abwesenheit von Licht, von Leben. Es handelte sich nur um eine Öffnung. Ausgang zu den Eltern. Ausgang aus dem Haus, dorthin, wo nichts für uns Erkennbares existiert. Lag es daran, dass ich dies Symbol der halboffenen Tür kannte, erkannte in dieser aufrecht stehende Finsternis, die verharrte, sich immer gleich blieb, einfach nur vorhanden war? Die Gewissheit des Todes, des Verlöschens, des Eingehens in die Auflösung im Dunklen. Sie beunruhigte mich nicht, traf mich nur in einer Geisteshaltung des irrenden Glaubens, von der Lehrer Weisheim so gerne sprach. Ich wollte mich nicht zufrieden geben mit der Vorstellung, dass alles eines Tages in diesem dunklen Spalt verschwinden würde. Auch genoss ich diese nächtliche Erfahrung, die Gefahr der unausweichlichen Bedrohung, die Gewissheit der Anwesenheit der unfassbaren Macht, die beherrschende, aussaugende, vernichtende, die kein Gesicht hat. Doch wusste ich auch: Noch verstand ich nichts, konnte dies nur reflektieren. Wenn nicht der Schmerz wäre, dieser dumpfe Druck mitten im Körper, der mich näher brachte an das, was geschah. Der Schmerz wohnt in uns von alters her, wie auch die Schuld. Es ist der Schmerz all der Menschen, die hier gelebt hatten, auch der Kinder, der Siedler, der Flüchtlinge, der Deserteure, der Herrschenden und Verzweifelten, und wir selber nähren den Schmerz mit jedem neuen Unglück, das uns erreicht. Die Austreibung aus dem Paradies verwinden wir nie. Wir unterwarfen uns, räumten unseren Friedhof, zerstörten die Kirche, unterschrieben die Verträge. Der Schmerz wuchs in all den Jahren, in denen man uns drohte, dass wir wegziehen müssten. Um genauer zu sein, in denen man uns mitteilte, dass wir wegziehen müssten, denn jede Art von Emotion wird ausgeschlossen in einem solchen Verfahren. Es geht exakt wie geplant über die Bühne, und kein Aufschrei soll zu hören sein. Nimmt sich jemand das Leben deswegen, so ist das bedauerlich, aber vielleicht auch auf andere Motive zurückzuführen. Und wir widersprechen nicht. Wir sind eine Gesellschaft von Menschen, die sich der Bürokratie angepasst hat, die uns verwaltet, dessen Verwaltungsmaterial wir sind, so auch in all unseren Regungen kontrollierbar. Kein offener Sarg darf mehr stehenbleiben im Haus, drei Tage und drei Nächte, wie sich das früher gehörte, um Abschied zu nehmen auch damit der Geist des Toten sich Zeit nehmen kann. Nahmen wir doch an, dass er eine Zeitlang noch nah dem Ort seines Lebens bleibt. Auch keine Klagelieder mehr, wir sind nüchtern und fügen uns. Doch klage ich hier, dass ich dies nicht begreife. Die Trauer überfällt mich, trotz all der Versuche eines verständigen Einvernehmens, wie Windböen, denen ich kaum standhalten kann. Wiederhole ich mich? Vielleicht habe ich das schon geschrieben, so oder ähnlich, weil mein Denken ständig darum kreist. Träumte ich, nisten alte Träume in den Zimmern? Das Lachen, das Weinen, das Schluchzen eines Kindes, letzte Segnungen. Der Brautschleier, der fahle Lichtschein, der zuweilen über die Wand meines Zimmers glitt, herumirrendes Unglück, losgelöst von jeder mir bekannten Geschichte. Bruchstücke von nie gelebtem Leben, vergangen und wieder auferstanden. Und immer wieder gewünscht, es möge intensiv Leben da sein in der Zärtlichkeit der Nacht, des erwachenden Morgens. Diese unzähligen Worte und Gedanken, wer sammelt sie mit den Verwünschungen, den Sehnsüchten, den tumben Niederschlagungen, dem Versäumten, nicht zum Leben Erweckten? Vielfach verloren nun, werden wir uns immer wieder fragen, wie wir alle miteinander verbunden sind, und wie das enden wird, ob wir uns je davon lösen können. Oder haftet für immer an uns, was vorher war, und wir können es nicht abstreifen, es sei denn, wir häuteten uns. Dabei das jähe überwältigende Glück, dieser unstete Kugelblitz, der ab und zu auch hier den einen oder anderen von uns traf. Es hinterließ Spuren, ließ vergessen den Schmerz, das Grauen über nie wieder Gutzumachendes, was uns gezeichnet hatte. Was uns jederzeit bewusst werden konnte und wir so lange nicht wahrhaben wollten, immer in der trägen Hoffung, dass unser Leben hier anders sei als das von anderen, ein friedliches Leben, abseits jeder Gewalt. Wir sprachen von Vergangenheit, ohne ihren Spuren in unserem Bewusstsein nachzugehen. Daran erinnert mich die leicht geöffnete Tür zum Schlafzimmer meiner Eltern, dieses glimmende Weiß und der dunkle offene Raum, der sich gleichbleibt. Nur die Liebe macht das Fortgehen leichter, sie begleitet den, der fortgehen soll durch diesen Spalt bis fast zuletzt.

Simon und ich sprachen nicht darüber, was uns verlorenging. Er arbeitete pragmatisch, lud Journalisten ein, zeigte ihnen Schriften, in denen die Geschichte von Garzweiler und unseren Nachbarn dokumentiert war und jener anderen Dörfer, die nun bis 2045 abgebaggert werden sollten. Er besorgte sich Fakten über die bisherigen Auswirkungen des Tagebaus, vor allem beschäftige ihn, was mit dem Grundwasser geschah, wie es verlustig ging durch das, was man Sümpfung nannte. Ein Thema, das für ihn immer wichtiger wurde und über das er reden wollte, denn es wurde zu selten erwähnt. Es erstaunte ihn, wie wenig sogar Journalisten von der Grube, den Dörfern und den Menschen wussten. Es gab Politiker, die über den Abbau zu entscheiden hatten, die niemals in eins der Dörfer gekommen waren, um sich anzusehen, was sie mit ihrer Unterschrift freigaben. Auch wurde vieles nicht verschwiegen, sondern einfach nicht wahrgenommen. Das war das sonderbarste Phänomen in unserer Geschichte, dass die Außenwelt für das, was dort geschah, so wenig Interesse aufbrachte, als handelte es sich nicht um eine Landschaft mitten in unserer Republik, sondern um einen fernen Staat. Dabei lagen die großen Städte Köln, Aachen, Düsseldorf nicht weit entfernt und die Autobahnen, die durchs Land führten, gingen nah am Tagebaugebiet vorbei. Wunderten die Vorbeifahrenden sich nicht, wenn sie das Wachsen der Grube, die Ausbreitung des Niemandslandes sahen und am Horizont die Kraftwerke? Fragten sie nach, was da geschah? Warum sollten sie. Es ging niemanden außer den Betroffenen etwas an. Es gab zu viel, was falsch lief und woran man hätte Anteil nehmen sollen. Vielleicht erkannten einige Menschen auch Ausmaß und Veränderung dieser Tieftagebaustelle, doch zogen die Bilder an ihnen vorbei zur Radiomusik im Auto, während sie dahinfuhren. War nicht gerade dies so bemerkenswert, eine der großen Erbschaften unserer Zeit der langen Wohlhabenheit, dass wir unempfindlich geworden waren? »Absence und Langeweile«, nannte Simon das. Auch muss man sagen, die Sicht war oft verstellt, die Autobahnen gut geschützt mit hohen Wänden und Bepflanzungen, wie anderswo gegen den Lärm, so hier gegen die Sicht auf die Grube. Doch hätte man auch auf jeder Landkarte sehen können, dass hier Teile des Landes herausgebrochen wurden, wo die Tagebaue waren: Hambach, Inden und unser Gebiet Garzweiler I. Drei weiße große Flächen auf der Karte, mitten im dicht besiedelten, mit Straßen und Autobahnen durchkreuzten Land. Auf den alten Atlanten gab es diese weißen Flächen, auf denen stand: Terra incognita. Unerforschtes, noch nicht vermessenes Land. Kartographen, Forscher und Abenteurer träumten davon und richteten Expeditionen aus, um Natur und Schätze zu entdecken, wie sie niemals zuvor gesehen wurden, Wunder über Wunder und Schrecken über Schrecken. Dann war alles erforscht und es gab kein unbekanntes Land mehr. Doch nun erscheinen sie wieder, die unbenannten weißen Flächen auf einer Landkarte in Deutschland. Hier signalisieren sie: Terra perduta. Bis zur völligen Entblößung ausgeraubtes Land, in dem nie wieder etwas zu finden sein wird von all dem, was seit Millionen von Jahren existierte. Keine Wunder und keine Schrecken, nur armes steriles Land, dem selbst in den tiefsten Tiefen das Wasser, das Leben spendet, gestohlen wurde. Zeichen unserer Verbrauchsgier, die sich keine Zeit mehr lässt. Gerade so, als wären wir vom Wahn besessen, in wenigen Generationen alles verbrauchen zu müssen, was die Erde hergibt. Es ist die Prophezeiung vom Ende unserer Welt, der wir zuarbeiten, und dabei bewundern wir immer noch unsere eigenen Möglichkeiten. Allein die Garzweiler Grube gilt vielen als ein staunenswertes absolutes Herrschaftsprojekt, wie es die Pyramiden in alter Zeit gewesen waren. Freilich hier ohne jeden kulturellen oder ästhetischen Anspruch, nur dafür erschaffen, um kurzfristig Kohle zu gewinnen ... So redete Simon mit den Journalisten und fuhr mit ihnen übers Land und bat, wenn sie über dies Gebiet schreiben wollten, nicht nur über das beklagenswerte Schicksal der Menschen zu schreiben. Gefühlsbetonte Momentaufnahmen, als handele es sich nur um betrübliche Schicksalsschläge. Das war verständlich. Aber wäre es nicht auch anders möglich?, fragte Simon. Könnten sie vielleicht nicht mal ausführlich darüber schreiben, was im Hintergrund abläuft. Wie die Entwicklung der Technik unaufhaltsam Möglichkeiten des Gewinns und der Vernichtung beschleunigt und wie eins mit dem anderen zusammenhängt. Und wie hoch die Gewinne des Konzerns allein schon aus dem Geschäft Garzweiler I waren, und wie hoch die Verluste für die Allgemeinheit? Schließlich ging es da nicht nur um verlorenes Land, verlorene Ernten, verlorene Erinnerungen, zerstörte Bodendenkmäler, sondern auch um den Verlust an Grundwasser. Im Verhältnis für eine Tonne Kohle zehn Tonnen Wasser, verloren für die Zukunft. Und wer würde für die Folgeschäden aufkommen, später wenn die Gewinne kassiert waren und nur noch ein Restloch übrigblieb? Auch wünschte Simon, es müsste seriöse Berichte über die Abhängigkeit der Politiker geben. Nach Angaben von Rheinbraun standen zeitweise 80 bis 120 kommunale Mandatsträger auf ihrer Gehaltsliste. Sie konnten überall eifrig für die Ausweitung des Tagebaugebietes eintreten. Städte und das Land gehörten zu den Aktionären von Rheinbraun, und ein Minister für Wirtschaft, Energie und Verkehr der Landesregierung, die den Abbau von Garzweiler II gegen alle Widerstände durchsetzte, war im Aufsichtsrat von Rheinbraun. Erst auf Druck der Bürgerinitiativen gab er 1992 diesen Nebenposten auf.

Die Journalisten waren freundlich und notierten sich viel. In Tschernobyl war 1986 das Unglück geschehen, die nicht zu stoppende atomare Verseuchung, die sich ausbreitete, unsichtbar, ungreifbar. Das Gemüse in den Gärten wuchs üppiger denn je, die Brombeeren wurden groß wie Pflaumen, und die Kinder durften sie nicht essen. Das war nicht lange her, und so schien es eine Wende zu geben im Verständnis, was man der Erde und den Menschen zumuten konnte. In dieser Zeit lief auch die Arbeit in den Bürgerinitiativen gut. Es kamen mehr Menschen und beteiligten sich an Aktionen, als Joseph erwartet hatte. Auch Ludmilla, Josephs Frau, machte mit. Oft war sie es, die die Treffen organisierte, die mal in der einen Gaststätte, mal in einer anderen einen Raum bestellte. Diese separierten Räume, in denen sich oft Vereine im gedämpften Licht trafen, sind mir gelbbraun in Erinnerung. Dabei waren braun nur die Holzvertäfelungen der Wände und die schweren Tresen. Zu den Versammlungen kamen auch Menschen, die gar nicht aus den Dörfern stammten, sondern seit langem hier lebten und nicht wieder weg wollten. Joseph lobte besonders die Protestanten in seinem Ort, sie würden dem Namen Ehre machen und oft eher als andere bereit sein, zu protestieren. Simon sagte, das sei grundfalsch und nicht erwiesen.

Gewiss aber war, dass *Die Grünen* gewillt waren, das Projekt zu Fall zu bringen, wenn sie bei der nächsten Landtagswahl die Macht dazu bekommen würden. Das Thema machte die Runde. Wir wurden sogar von früheren Nachbarn aus Garzweiler, die nun in Neu-Garzweiler lebten, gefragt, wie denn die Chancen stünden, dass die Grube wirklich an der bis dahin genehmigten Grenze, der A 44, ihr Ende finden würde. Alles erweckte Hoffnungen. Die in der Nähe liegenden Städte reichten Klagen gegen den Planungsbeschluss ein und die Landesregierung war nun zum ersten Mal genötigt worden, Untersuchungen in Auftrag geben zu müssen, die klären sollten, ob dies Projekt für die Bewohner der Dörfer zumutbar war und welche Schäden es durch die Absenkung des Grundwassers geben könnte. Hoffnung erweckte auch, dass das Bistum Aachen sich entschied, sein Land nicht an Rheinbraun zu verkaufen. Wenigstens fürs Erste nicht. Ja, in diesen Tagen waren wir sicher, die Vernunft könnte siegen, erhalten würde die Vielfalt. Das Land würde nicht mehr unter die Raupenschlepper kommen, nicht weiter ausdehnen könnte sich die Grube. Unangetastet würden die Dörfer bleiben.

Marmelstein, der Archäologe, war in diesen Jahren Simons bester Freund. Was beide besonders verband, war das Interesse an der Vergangenheit. Marmelstein wollte Zeugnisse finden für das, was vergangen war, sprechende Belege, wie er es nannte. Simon wollte vor allem Zusammenhänge über Zeiten hinweg erkennen. Alles stand für ihn in Beziehung zur Erde und ihrer Geschichte. Unser weithingestrecktes flaches Land erinnerte an den Boden des Meeres, das vor undenklichen Zeiten hier einzig unterm Himmel vorhanden gewesen war. Bewegt wurde es von den Geburtswehen der Erde, gewaltigen Stürmen, flauen Winden, von wuchernden Steinen und verfaulendem Getier. Auf Order unbenannter Mächte zog es sich nach und nach zurück, gab den Boden frei. Zögernd krochen Tiere an Land, Farne wuchsen, Wald entstand. Und wieder brauchte es Millionen Jahre, bis der Wald vermoderte und unter dem Druck der sich absetzenden Erd- und Gesteinsmassen zu Braunkohle wurde. Absinkendes Wasser bildete unterirdische Seen und Flüsse, die sich mäandernd im dunklen Erdbereich verzweigten. Zeitloses Vergehen, bis der Mensch auf zwei Beinen sich erhob und Tage und Nächte zählte. Damit begann die Zeit, die für Marmelstein von Bedeutung war. Hier in unserem Gebiet fanden seine Kollegen den ältesten erhaltenen Holzbrunnen der Welt, einen 15 Meter tiefen Brunnenschacht aus 200 Eichenbohlen, der 7300 Jahre schon überdauert hatte. Von da ab lebten hier Menschen, zu Beginn vielleicht nur sporadisch. Seit den 50er Jahren v. Ch. herrschten dann die Römer, bis fünfhundert Jahre später die Franken kamen. Es folgten Normannen, französische Söldner, Napoleon, die Erzbischöfe und die Preußen. Sie alle hinterließen Spuren in der Erde, Zeugnisse ihrer Siedlungen, Burgen, Schlachtfelder und Handelsplätze. Ein Ort über den anderen gebaut, verlassen, verödet und wiederentdeckt. Vielleicht war dort, wo unser Friedhof lag, ein heiliger Hain gewesen, oder der Vesta-Tempel dort, wo unsere Kirche stand. Immer dieselben besonderen Plätze, wo ehemals die Wünschelruten ausschlugen und magische Kräfte in der Erde anzeigten. Simon empörte es, dass alles, was die Erde in sich barg, weggebaggert wurde, als wäre es wertlos. War nicht ein Bau in der Landeshauptstadt gestoppt worden, nur weil man die Reste einer Hafenmauer fand, einer Ziegelwand? Da war der Denkmalschutz unerbittlich gewesen. Was dort zum Vorschein kam, musste gerettet werden, einerlei wie wertvoll der Fund und wie sinnvoll die Rettung. Hier konnte Marmelstein nur Bruchteile aller möglichen Funde bergen, 90 bis 95 Prozent mussten ungesehen dem Bagger zum Opfer fallen. In diesen weißen Flecken des Landes galt kein Denkmalschutz, weder für das, was auf der Erde stand, noch für das, was in der Erde ruhte. Dass dies bei den Politikern keines Nachdenkens wert war, verstärkte Simons Sorge. Alles konnte missachtet werden, Vergangenheit wie Zukunft, wenn für die Gegenwart jetzt und sofort Gewinn herauszuschlagen war.

Es gab zwei Ausgrabungsfelder, an die ich mich besonders erinnere, weil sie spektakulär waren und weil Marmelstein mich so ausdrücklich gebeten hatte mitzukommen, da es ihm wichtig wäre, sie mir zu zeigen. Es gab immer wieder eine nie geklärte Spannung zwischen uns. Zuweilen ein spielerisches Vergnügen von meiner Seite, von seiner Seite manchmal ein aufmerksamer Blick. Doch löste sich dann alles in freundschaftlichem Geplänkel auf. Bei seiner Arbeit sah ich ihm gerne zu, er schien mir dann ein anderer zu sein. Das eine Mal, von dem ich sprach, war es eine kleine Fundstelle ganz in unserer Nähe, zwischen unseren Feldern und dem Land, das bis an die Grube reichte und dessen Wege schon gesperrt waren. Die Archäologen hatten dort die Fundamente eines Wohnhauses freigelegt. Marmelstein erklärte, dass es sich um zwei Gebäude handeln würde. Vor dem einen stand ein kleines Gerüst auf dem Feld. Über acht Stäbe, die in die Erde gerammt waren, hing eine dicke durchsichtige Plastikfolie, die den Regen abhalten sollte von einem Skelett, das sie dort ausgegraben hatten. Die Folie blähte sich. Der Wind hob sie hoch und zerrte an den Schnüren, mit denen sie befestigt war. Ich sah das Skelett darunter liegen, längst vergessen und nun wieder hervorgehoben ans Licht. Die Augenhöhlen nach oben gerichtet zum milchigen Glanz der Folie, die sich bewegte, wie auch der Schatten auf seinem Gesicht, der beständig nur verharrte in der tiefen Kerbe des Einschlags der Axt in seinem Kopf. Simon strich mit der Hand über den verletzten Schädel. Vielleicht war es ein Urahn von uns.

Ich ging um die Linien der dunklen Asche herum, das zweimal unterteilte Geviert, das die Archäologen freilegten. Der Raum eines Hauses oder Hofes, in dem vielleicht die Familie des Erschlagenen gelebt hatte. Wegen seiner Verletzung blieb er mir im Gedächtnis, dieser tiefen Kerbe im Schädel, an der wir ihn erkennen konnten als einen Menschen, der unterlag und der sie im Tod verließ, die im Haus auf ihn gewartet hatten.

Das andere Mal war es eine große Ausgrabung, die Marmelstein uns zeigte. Wir trafen ihn weit entfernt von unserem Land an einem Platz, wo er und seine Helfer schon vor Tagen den Boden einer abgerissenen Kirche geöffnet hatten und die Gräber eines alten, längst versunkenen Geschlechtes jetzt offenlagen. »Die Herren von Wetzlow«, sagte Marmelstein und wies auf die Reihe der Skelette, deren Köpfe gen Osten gerichtet waren. Ihnen gegenüber lag eine Reihe Skelette von Geistlichen. »Ihre erloschenen Augen waren nach Westen ausgerichtet, hingewandt zu den Herren. So achteten sie noch im Tode auf die ihnen Anvertrauten«, sagte Marmelstein und fügte hinzu: »Mein spektakulärstes Projekt seit vielen Jahren.« Er lächelte flüchtig, als fände er selber die eigenen Worte übertrieben, obwohl er doch stolz auf diese Ausgrabung war. Die Skelette lagen halbwegs noch mit Erde bedeckt. Es waren kleine Menschen und sie erweckten meine freundschaftliche Anteilnahme. Dabei handelte es sich nur um Knochen, hell schimmernd wie Steine, die aus dem Boden hervortraten. Diese Ausgrabung war für Marmelstein ein Glücksfall. Selten bekamen die Archäologen die Genehmigung, längere Zeit an einem Projekt bleiben zu können. Weil die Bagger sich Tag um Tag näherten, mussten sie sich oft mit der alleroberflächlichsten Aufnahme des Gefundenen begnügen. Die Zeit war meistens zu knapp zwischen dem Vorbereiten des Landes, dem Abbruch aller Gebäude und der erst dann folgenden Freigabe des Gebietes für die Archäologen.

Doch hier konnte Marmelstein gründlicher vorgehen und die Geschichte eines Dorfes aus dem 14. Jahrhundert rekonstruieren, beispielhaft für andere in der Gegend. Und dies so genau, weil im fünfzehnten Jahrhundert die Kirche nach einem Brand vergrößert wurde und man dabei den ehemals vor der Kirche liegenden Friedhof mit überbaute, der so unversehrt blieb. Deshalb wurde es möglich zu erfahren, wie diese Menschen gelebt hatten, wie alt sie wurden, wie sie sich ernährten, welche Krankheiten sie hatten und welchen sie erlagen und wie sie zu Tode kamen. Marmelstein war dankbar, hier an Material zu kommen, das sonst unzugänglich geblieben wäre, weil überlagert oder überwachsen. Trotzdem hätte er am liebsten alles in der Erde gelassen, weil es dort am besten verwahrt wurde, wie er sagte. Marmelsteins Assistent, ein noch sehr junger Student, hörte uns zu ohne sich in unser Gespräch zu mischen. Er saß auf einer freigelegten Mauer wie ein ruhiger träumender Pan und zeichnete sorgfältig einige Steine des Kirchenfundamentes. Stein um Stein maßstabsgerecht, schraffierte und kolorierte, um so ein möglichst genaues Bild wiederzugeben von dem, was vor Jahrhunderten zusammengesetzt wurde als Fundament für die älteste der Kirchen, die hier einst gestanden hatte. Mehrmals im Laufe der Zeit wurde sie baufällig, wieder aufgebaut und zerstört, brannte aus und wurde neu errichtet unter Benutzung des alten Materials. Das blieb eingefügt in das neue Gebäude, bewahrte so eine verborgene weitergereichte Kontinuität.

Nicht nur gezeichnet wurden die Mauern, auch von Marmelstein fotografiert. Alles zusammen wanderte dann in das nahgelegene offizielle Haus der Archäologen, ein altes Bauernhaus am Rande des Abbaugebietes. Dort wurden alle Funde gesammelt und geordnet, danach in Institute und Museen gebracht, registriert und konserviert, im Archiv abgelegt, für wissenschaftliche Zwecke freigegeben. Der Junge arbeitete mit einer bewundernswürdigen Akribie, so wie man vor Zeiten jeden Grashalm, jedes Haar im Fell eines Hasen zeichnete. Als sei man es der Natur schuldig, aus Ehrerbietung sie staunend genau aufzunehmen. Doch ging es hier um eine präzise Dokumentation, sie vor allem würde übrigbleiben, verwandelt in Material für Dateien, eingespeichert, abrufbar.

Ich sah auf die Toten von Wetzlow. Ja, am besten bliebe alles in der Erde, wenn die Erde nur bleiben würde. Das Land roch nach Sommer, und der Himmel war sehr fern und blau. Ich hörte Marmelstein gern reden. Seine Sprache klang baltisch hart und das R rollte förmlich in seinem Mund, einerlei ob er von Recht oder Unruhe sprach oder von Harriet, seiner Großtante in Riga. In unserem Land blieb er fremd. Er redete oft über Fußball, über die Clubs in unserer

Gegend. Auch Simon interessierte sich dafür, doch für Marmelstein schien dies eine größere kommunikative Bedeutung zu haben. An Veranstaltungen gegen den Konzern nahm er nicht teil, weil er sich grundsätzlich von allem, was politisch war, freihalten wollte. Dabei spielte es keine Rolle, dass der Konzern die kleinen Bagger für die Archäologen zur Verfügung stellte. Er fürchtete keinen Ärger. Es war nur so, dass er die Mächtigen grundsätzlich verachtete. Er würde sich nie mit ihnen messen, und es wunderte ihn nicht im Geringsten, dass hier, wo große Gewinne zu machen waren, Dörfer geräumt wurden. Ihn brauchte das nicht zu kümmern. Er war für Vergangenes zuständig, nicht umsonst hatte er sich diesen Beruf ausgesucht. Doch hörte er zu, wenn Simon über die Krake sprach. Und da er selber schon lange heimatlos war, verstand er, dass die Umsiedlungen, die Entwurzelungen, wie Simon das nannte, hier nun zum wichtigsten Thema geworden waren. »Das kann nur geschehen, weil wir in einer Gesellschaft leben, in der das Unverbindliche, Wurzellose schon das Erwartete und Gewollte ist«, meinte Marmelstein. Und auch Simon dachte daran, dass alle Anstrengungen, die Ausweitung der Grube zu verhindern, scheitern könnten, weil die Dörfer nicht mehr in unsere Zeit passten. Vielleicht werden sie nur darum zur Auflösung freigegeben, eingetauscht gegen überschaubare moderne Siedlungen, in denen es keine unausgenutzten, unausgeleuchteten Winkel gibt, keine krummen Straßen und die so spürbar unkontrollierbare Anwesenheit der Vergangenheit. »Vielleicht sind wir noch zu traditionell«, sagte Simon. Marmelstein tat erstaunt: »Aber ihr seid es doch gar nicht mehr.« Nun, das würde sich erweisen. Vielleicht würde erst später bemerkt werden, was diese Tradition bedeutet hatte, wenn es keine Dörfer mehr gab, wenn das Prinzip der Moderne, Teilung und Zersplitterung, überall durchgesetzt worden war und alles verwaltungsmäßig zusammengefasst wurde, was vereinzelt existierte. »Gezählt und alimentiert sind wir leicht lenkbar, ausgeliefert den Verwaltungen, die über uns gesetzt werden, ohne dass wir uns wehren können«, sagte Simon.

»Alles Geschehen hat drei Phasen, Vorgeschichte, Erfüllung, Nachspiel. Wir sind auf dem Höhepunkt der Erfüllung. Wenn nicht schon mitten im Nachspiel«, erwiderte Marmelstein.

Leichter Sand wehte über die Skelette der Herren von Wetzlow und über die der Priester. Der Junge sah noch immer so aus, als säße er Modell für ein Bild aus dem 17. Jahrhundert, als man von Arkadien träumte. Marmelstein hatte einen Arm um Simons Schultern gelegt und nannte ihn einen Liebhaber der Vergangenheit. Nah bei der Ausgrabungsstätte stand ein alter grüner Kirmeswagen, in dem man sitzen konnte und Werkzeug und Material verwahrt wurde. Er gab der ganzen Situation etwas heiter Theatralisches und ich dachte: Unser traurig verqueres Land, was taten wir, was ließen wir zu? Wir Vier hier auf einer Ebene, pastorale Stille – und um uns herum fruchtbare Felder, unbestellt, nicht mehr lange vorhanden, und die Knochen der Vorgänger zu unseren Füßen. Auch Simon betrachtete gemeinsam mit Marmelstein lange schweigend die halb zerfallenen Skelette, ein nun wieder ans Licht gebrachtes Vermächtnis früherer Zeiten, ein Menetekel, das ihn betraf.

»Es ist gut, so in der Erde begraben zu werden. Dort, wo man gelebt hat. Ihr solltet es genauso auch mit mir machen«, sagte er und lachte dann. Was für ein schöner Tag.

Was viele erinnern werden, das war der Abend, als tausende Menschen zur Grube wallfahrten und tausende Fackeln entzündet wurden. Erst waren wir wenige, aber je dunkler es wurde, desto mehr Menschen kamen. Sie tauchten auf und verschwanden, reihten sich in eine Kette ein, machten so, untereinander Verbindung haltend die Absturzlinie sichtbar, die Trennung zwischen Land und Grube. Vor unseren Füßen die Grube, das geschlachtete Land. Wie ausgebalgt das große Erdtier, in dessen toten Körper wir hineinsahen, der ausgeweidet vor uns lag, endlos gestreckt. Fern nur belebt von den kleinen Parasiten, die auch des Nachts sich mit ihren Baggern tiefer eingruben. Und überall die Fackeln und Menschen, die nah am Uferrand weitergingen, um die Größe der für uns nicht auszumessenden Grube zu markieren, wenigsten ein Stück weit. Die Grube, tief hineingehend ins Land, das aufgelöst, zerschlagen, zerbröselt, zerstäubt war. »Doch nichts geht verloren«, behauptete Lehrer Weisheim. »Das ist erwiesen, die Welt ist ein geschlossenes System«. Mag sein. Aber es war ein tiefer Fall hinab, den wir in dieser Nacht begleiteten mit unserer Klage, dem Ritual des Abschiedes, mit unserer Wut und Empörung.

Lange ging ich mit Magda an Simons Seite. Dann verlor ich beide und blieb mit Marmelstein zusammen. Es gab Rufe hin und her, wie es wohl im Krieg geschah von einem Wachposten zum anderen. Ja, es war ein nächtliches Wachestehen bis nach Mitternacht. Alle bezeugten: Wir sind da. Wir sehen, was geschieht und wir bringen Licht hinein und verlangen, dass man unseren Willen respektiert, den Willen der Menschen, die hier leben. Es reicht uns. Diese Linie, die wir hier deutlich machen, soll nicht mehr überschritten werden. Keine Ausweitung der Grube.

Wir scheuchen eure Ansprüche zurück, wie man wilde Tiere mit dem lebenden Feuer zurückscheucht. Wir sind Wachposten. Glaubt nicht, dass wir schlafen, dass ihr uns überlisten könnt mit euren Absprachen und geheimen Geschäften, die ihr so trickreich verbrämt und absichert. Wir werden euch zwingen, uns zu achten.

Obwohl viel geredet, auch gelacht wurde und es überall Zurufe gab, so waren wir doch vereinzelt, weil der Himmel so unendlich entfernt und glasdunkel war und die Erde flach bis zu ihrem Absturz. Die Nacht umgab uns. Das Licht unserer Fackeln fuhr flackernd in sie hinein, zuckte zurück und leuchtete hell auf, sodass wir erkannten, wer neben uns auftauchte. Da waren der Lehrer Weisheim und Joseph, der immer in Begleitung kam, mindestens mit zweien seiner Freunde. Auch die Brüder Barend und Nikolaus sah ich sowie drei Schüler meiner Klasse aus Köln, die Frau eines Engländers von der Rheinischen Bürgerinitiative aus Holzweiler, eine Gruppe junger Holländer und den Rechtsanwalt Heinz Martens, der in letzter Zeit öfter zu Simon gekommen war. Was wollte er hier? Vielleicht würde er in Paffendorf einen Bericht abgeben von dem, was in dieser Nacht geschah. Ich hielt das für überflüssig. Der Konzern reagierte weniger aufgeregt als wir. Man wusste dort aus Erfahrung, was hier ablief, konnte Gefühle erwecken, Hoffnungen schüren, doch wahrscheinlich nicht viel mehr. Oder würde es diesmal anders sein? Das seltsam schattenhafte Zusammenspiel von Euphorie, Ernst und Spiel in dieser Nacht könnte vielleicht doch ungeahnte Wirkung haben auf den einen oder anderen Teilnehmer und Entscheidungen beeinflussen. Vielleicht gab es eine Chance, dass alles zum Guten sich wendete. Doch schon warnte mich ein

Gefühl der Unlust, dachte ich an das Gute, Wahre, Schöne, dem in der Aula meiner Schule ein Spruchband gewidmet war. Welche Kraft hatte diese Formel eines gläubigen Aufbruchs gegenüber der Gewalt, die sich hier durch die Grube ausdrückte. Was bedeutete sie für uns, wem nutzte sie noch? Ich sah die Lichter in der Grube und Marmelstein sagte: »Die dort sind konstanter.« Und wir lachten, als sei das ein Witz, und senkten kurz die Fackeln.

Einmal meinte ich, Kerstin zu sehen. Eine Frau, ihr sehr ähnlich, ging entfernt von uns vorüber und war allzu schnell wieder verschwunden.

Es überraschte mich, und ich hielt es für unwahrscheinlich, dass es Kerstin gewesen war. Kurz bevor wir fortfuhren, hatte Simon sie noch einmal gebeten, zu diesem nächtlichen Protest mitzukommen. Doch sie hatte keine Lust gehabt. Auch fand sie es zu anstrengend für Pitt. Was sollte der Kleine nachts an der Grube. So blieb sie mit ihm und mit Helmut zurück im Hof. Helmut Manstein war der älteste und letzte der Angestellten, der uns noch auf dem Hof geblieben war. Seitdem er seine Wohnung in Garzweiler verloren hatte, lebte er mit in unserem Haus. Obwohl er jetzt ein alter Mann war, gab mir seine Anwesenheit stets das Gefühl einer ruhigen Sicherheit. Vielleicht weil er seit Jahrzehnten schon bei uns lebte und wir mit ihm. Er bestätigte später, dass Kerstin tatsächlich zur Grube gekommen war. Offensichtlich hatte sie Simon gesucht, ihn aber nicht gefunden und war dann wieder zurückgefahren.

Nach und nach erlosch das brennende Pech. Die Feuerwehr war anwesend und begann, die abgebrannten Fackeln einzusammeln. Auf den Feldern, wo wir geparkt hatten, leuchteten immer öfter die Scheinwerfer der abfahrenden Autos auf. Simon stand neben mir und sah, wie das Feld sich langsam leerte. Er wirkte angespannt, als müsse er sich konzentrieren auf etwas einzig Wichtiges, von dem er sich nicht abbringen lassen wollte.

»Es war doch gut«, sagte ich.

»Ja, vielleicht werden drei Zeitungen darüber berichten. Doch das reicht nicht. Wir beruhigen uns selber mehr damit, als dass wir die anderen beunruhigen«, antwortete er.

Ich konnte mich damit nicht zufrieden geben und sah im Feuer der Fackel die Flammen tanzen, die alles in Brand stecken könnten. »Wir sollten das Schloss anzünden, ihre Zentrale. Ist doch komisch, dass es ein Schloss ist.«

»Nein, kein Bauernkrieg«, sagte Simon.

»Wir sollten das Schloss besetzen und Rheinbrauner als Geiseln nehmen, zur Not mit Gewalt«, schlug ich vor, »dann gibt es verstörende Bilder in den Medien und man wird sich fragen, wo geschieht das? Und erstaunt sein, dass es im eigenen Land geschieht.«

Doch Simon lehnte Gewalt jeder Art ab, für ihn gab es nur legalen Widerstand. Nur dann wären wir wie eine glatte Wand, unangreifbar und doch anwesend und das immer stärker, je geschlossener wir auftreten würden. Nur gewaltloser Widerstand würde Erfolg haben. Ich wusste, ich sollte jetzt still sein. Simon mochte meine hektischen Anwandlungen nicht, wie er sie nannte. Doch diesmal war es mir einerlei. Ich war überreizt und süchtig nach Veränderung, dabei wurde es auch immer dunkler um uns herum. »Warum keinen Mord?«, flüsterte ich, »mit dem Messer auf jemanden zugehen, ihn verantwortlich machen. Vielleicht müssen wir zum Äußersten greifen, um Erfolg zu haben.«

»Komm, lass es«, sagte er, und es ärgerte mich, dass er gelangweilt klang. »Du wirst nicht das Schloss anzünden und niemanden ermorden. Es gibt nicht den einen Verantwortlichen. Aber vielleicht wäre es möglich, dass alle Menschen in den Dörfern gleichzeitig streiken, immerhin sind es mehr als zehntausend. Würden sie sich einfach weigern, ihren Geschäften nachzugehen, Auto zu fahren, Steuern zu zahlen …«

Ich sah noch einmal zurück zur Grube. Unter dem blanken Nachthimmel war sie die Realisation eines utopischen Wahnsinns, könnte aus einem Science-Fiction-Film sein, einem ganz frühen, schwarzweißen. Wie ein flächiges Monstrum würde sich erheben, was in der Erde als leerer Raum geschaffen wurde, und langsam, ganz langsam über das Land segeln, und sein Schatten würde über die großen Städte streifen, und die Menschen würden nach oben schauen und nicht wissen, was sie sehen.

Als wir nach Mitternacht zum Hof zurückkamen, lag er dunkel dort, als wäre kein Leben mehr anwesend. Ich erschrak, bevor wir von Helmut hörten, was geschehen war. Es war gegen zehn Uhr. Er hatte im Magazin zu tun gehabt, während Kerstin sich mit Pitt noch in der Küche aufhielt. Das Haus war nicht beleuchtet gewesen, worauf wir sonst immer gegen Abend achteten, um Plünderer abzuschrecken. Diesmal hatte keiner daran gedacht. Ein Mann war durch die hintere Hoftür gekommen, durch den Flur in den Essraum gegangen, dann wieder hinausgelaufen und hatte einen der großen Körbe ergriffen, die vor der Remise standen. Kerstin hatte gehört, dass sich im Haus etwas bewegte und traf den Mann, als er gerade den Hof verlassen wollte. Er hatte zu fluchen begonnen und war drohend auf Kerstin zugegangen.

In dem Augenblick war Helmut aus dem Magazin gekommen, und der Mann hatte den Korb hingeworfen und war geflüchtet. Er habe den Plünderer nicht verfolgt, weil es ihm wichtiger gewesen sei, Kerstin zu beruhigen, sagte Helmut. Dann sei sie mit Pitt ins Schlafzimmer gegangen, sodass er dachte, sie würde ihn ins Bett bringen. Doch nach einer Weile hätte er gesehen, dass sie die Treppe herunterkam, mit Pitt an der einen Hand und in der anderen einen Koffer. Als sie den Kleinen im Auto angeschnallt hatte, ging sie nochmal ins Haus, raffte einiges aus ihrem Kleiderschrank zusammen und eilte zum Auto, als könnte sie nicht schnell genug fortkommen. Er habe ihr noch geholfen, alles, was sie mitnahm, zu verstauen. Der Junge wäre schläfrig gewesen.

Simon ging eilig in ihr Zimmer und in Pitts Kinderzimmer, als könnte er noch einmal in die Vergangenheit zurückkehren und beide dort ganz selbstverständlich treffen wie in jeder Nacht zuvor. Aber die Betten waren leer, die Schränke geöffnet. Sie habe vieles einfach ohne Koffer in den Wagen geworfen, sagte Helmut, so in Eile sei sie gewesen. Sie würde zu ihren Eltern fahren, hatte sie gesagt, man solle sich nicht um sie kümmern.

Simon glaubte nicht, dass Kerstin in Panik den Hof verlassen hatte, nur weil dieser Fremde sie bedrohte. Was einzig zählte, sie hatte ihn verlassen, verlassen ihren Mann, das war es. Die Plünderer waren kein neuer Schrecken für Kerstin gewesen, für keinen von uns. Sie begleiteten die Endphasen dieser Dörfer wie die Aasgeier die letzten Todeszuckungen eines verendenden Tieres. Am Anfang kamen die Diebe, so wie dieser Mann, wenn es dunkel wurde. Doch zuletzt auch am helllichten Tag. Sie stiegen in die verlassenen Häuser ein und brachen Türen auf, montierten Treppengeländer und Waschbecken ab, schlugen Schalter heraus und nahmen mit, was ihnen gefiel. Manches warfen sie schon unterwegs bei der Heimfahrt wieder fort, weil sie es nicht brauchen konnten. Es war nur der Reiz des Augenblickes gewesen. Es war die Gier, die sie antrieb, etwas umsonst mitnehmen zu können. Später, als der Ort von vielen schon verlassen war und es mehr Brachflächen gab als noch existierende Gebäude, wurden sie kühner. So als würde das Unglück, das oft mit Schwäche gleichgesetzt wird, ihnen jetzt erlauben, zudringlich zu werden. Auch wenn an den Häusern ein Schild warnte: *Hier wohnen noch Menschen,* hielt sie das nicht davon ab, einzusteigen, wo immer es möglich war, und zu stehlen, was ihnen genehm schien. Oft waren sie auch noch ungehalten, wenn man sie zur Rede stellte, als hätten die Bewohner kein Recht mehr in einem solchen Ort, als hätte die Besitzergreifung durch den Konzern auch ihnen die Erlaubnis gegeben, Besitz zu ergreifen. So wie ein Mensch, der zu Boden geschlagen wurde, auch noch von anderen getreten wird, weil sie ihn als Freiwild ansehen. Es waren oft gut gekleidete Leute, und sie kamen aus allen benachbarten Städten. Wir sahen das an den Kennzeichen der Autos. Manchmal notierten wir eine der Nummern. Aber es war uns zu lästig, oder wir fühlten uns selber zu sehr als rechtlos Gewordene, um jemand anderen anzuzeigen. Dabei plünderten sie nicht nur, sondern zerschlugen, was sie nicht abmontieren konnten. Es war eine Lust an der Zerstörung wie an der Bereicherung. Ich überraschte mal einen jungen Mann, der unsere Haustür ausmaß. »Bald werden Sie die doch nicht mehr brauchen«, sagte er und schlenderte langsam zum Auto zurück, den Zollstock in der Hand.

Am Tag, nachdem Kerstin uns verlassen hatte, verbarrikadierten wir die Kellerfenster, verschlossen abends das große Tor und ließen in allen Nächten das Licht auf dem Hofplatz und vor der Eingangstür zum Haus brennen. Einen Hund hätten wir gebraucht. Zuletzt besaßen wir einen schwarzzotteligen großen Hund, der gut zum Schafe hüten gewesen wäre. Er wurde vor unserem Haus angefahren, als es kaum noch Autos auf unseren Straßen gab. Nach ihm wollten wir keinen mehr an uns gewöhnen für den Rest der Zeit, die wir hier noch bleiben würden. Aber er fehlte mir. Katzen hatten wir meistens drei oder vier. Nur eine davon, Muriel, die schwarze mit den Augen wie Achat, blieb nachts im Haus.

Die nächsten Monate nach Kerstins überstürzter Flucht hatte ich oft den Eindruck, dass Simon auf Kerstin wartete. Immer wenn ein Auto vorm Hof hielt, ging er hinaus. Seine Schritte wurden langsamer, wenn er sah, dass es nicht Kerstins war. Es kamen jetzt weniger Leute wegen des Hofgeschäftes, auch immer weniger alte Bekannte von früher aus unserem Dorf. Es schmerzte sie, den Ort so zugerichtet zu sehen, wie sie sagten. So blieben sie aus. Nur der Sohn unseres letzten Schützenkönigs war zeitweise jeden Tag gekommen, um den Abbruch möglichst jedes Hauses zu fotografieren. Am Ende werden das Tausende von Bildern geworden sein. Ich wollte keins von allen, obwohl ich die Leidenschaft des Jungen begreifen konnte. Fotografieren gab ihm Nähe und Distanz zugleich. Doch ich hatte mit eigenen Augen gesehen, was geschah, und diese Bilder waren eingebrannt in mir. Ich musste sie nicht auf Fotopapier vor Augen haben. Zuletzt würde er wiederkommen, wenn unser Hof fiel, das versprach er. Vielleicht wollte ich dann doch wenigstens ein Bild von ihm annehmen.

Es kam der August 1989, die genüsslich warmen Tage. Die Abende so lange hell bis in die Nacht hinein. Früher für uns die Zeit der Kornernte. Jetzt hatten wir die Frühkartoffeln geerntet und gleich ausgeliefert. So war es ruhiger auf dem Hof geworden und Simon fuhr oft fort, um mit Joseph und seinen Freunden eine Versammlung in Erkelenz vorzubereiten. Es sollte die größte gegen die Braunkohle-Connection werden. Organisiert von Bürgerinitiativen, kirchlichen Verbänden und Naturschützern, war sie geplant als eine Protestveranstaltung, in der einzelne Themen sachlich vorgestellt und diskutiert werden sollten, um Argumente auszutauschen, Kenntnisse von Experten zu gewinnen und diese bekannt zu machen auch all jenen, die sich noch nicht so intensiv damit beschäftigten. Es sollte der aufwendigste Höhepunkt des Widerstandes gegen die Tagebaue in unserem Gebiet werden. Erwartet wurden viele Bürger aus den betroffenen Dörfern, Freunde, Sympathisanten, auch der zuständige Umweltminister der Landesregierung und einige Politiker aus der Region. Was wir nicht erwartet hatten, das war die Aufmerksamkeit und der Kampfgeist von Rheinbraun.

Schon zuvor hatte es Schwierigkeiten gegeben. Das war bei der Vorbereitung zur Planung eines neuen Ortes gewesen. Nicht achtend der noch gar nicht erteilten Genehmigungen, wollte der Konzern schon im Vorfeld Sicherheit für die zukünftige Planung haben. Die Bewohner des alten Dorfes sollten sich schnell entscheiden, wohin sie umsiedeln wollten. Gedroht wurde, wer jetzt nicht mitmache, könnte später benachteiligt werden, falls er sich dann noch der gemeinschaftlichen Umsiedlung anschließen wolle. Es gab eine Fragebogenaktion, um die Meinung von jeder Familie zu erfahren. Drei große Landflächen, in der Nähe verschiedener Städte, wurden für eine Neusiedlung angeboten. Es ging darum, welches Gebiet die meiste Zustimmung erfahren würde. Doch hieß es, die Fragebögen könnten nicht vorher verteilt werden, sondern es sollte Beauftragte geben, die mit den Fragebögen in die Häuser gehen würden, um diese sogleich gemeinsam mit den Bewohnern auszufüllen. So blieb keine Zeit, die Fragen vorher in den Familien zu diskutieren ohne die Anwesenheit dieser Personen. Dagegen hatten viele sich gewehrt, weil dies eine Bevormundung war, möglicherweise eine Beeinflussung im Sinne der Absichten der Betreiber. Am Ende setzten sie wenigstens durch, dass ihnen die Fragebögen schon vorher zur Kenntnis gebracht werden mussten. Ausgefüllt sollten sie trotzdem nur in Anwesenheit des Beauftragten werden, so blieb alles unter dessen Kontrolle. Was das für ein falsches Spiel war, stellte sich später heraus. Den Ort, der von der Mehrheit der Bürger gewünscht wurde, konnten sie nicht bekommen. Was angeboten worden war, hatte nicht wirklich zur Wahl gestanden. »Wir sollten lernen, die Tricks zu erkennen«, sagte Simon, »immer diese Taktik, der angebliche Zeitdruck, die Lockung mit Geld und die Drohung mit Nachteilen.«

»Völlig sinnlos«, sagte Max, der jetzt oft bei uns saß und alle Pläne nach Holstein zu gehen aufgegeben hatte. »Ihr kommt nicht gegen sie an. Wen man nicht vernichten kann, den muss man hofieren. Das weiß doch jeder. Sie vernichten unser Land und wir müssen hofieren. Auch die Politiker hofieren, weil es Vorteile bringt.«

»Fressen oder gefressen werden«, sagte Simon, »das kann nicht alles sein. Lass uns versuchen dagegen anzugehen.« Und wieder wurde über die notwendige Barriere gesprochen. *Stoppt Rheinbraun!*

Ja zur Heimat! An allen Einfahrtstraßen der Orte, um deren Verbleib jetzt gekämpft wurde, gab es nun die Schilder, die auch wir bei uns aufgestellt hatten, als Garzweiler noch stand. Wie sich alles wiederholte und wir uns mühten nicht zu erlahmen.

Wie richtig Max' Bedenken gewesen waren, zeigte sich bald darauf. Schon vor der Versammlung in Erkelenz kam es zur indirekten Behinderung als Vorzeichen der geplanten Konfrontation. Joseph und seine Freunde hatten Annoncen aufgegeben, um die Bewohner der jetzt gefährdeten Dörfer darauf aufmerksam zu machen, dass sie Einwände gegen das Projekt Garzweiler II vorbringen konnten bei ihren Abgeordneten. Auch deren Namen und Telefonnummern nannte man. Dieser Auftrag wurde von allen Zeitungen angenommen. Doch kurz vorm Erscheinen der Zeitungen bekam Simons Freund einen Anruf von einer der Zeitungen. Der ihm freundschaftlich bekannte Redakteur fragte, ob es nicht geschickter sei, diese Annonce unter den Tisch fallen zu lassen. Es würde für die Zeitung kein Problem sein sie zu bringen. Aber der Konzern könnte Ärger machen, es gab immer eine Möglichkeit, einen Prozess anzufangen, und der könnte langwierig und teuer werden. »Und das haltet ihr doch gar nicht durch.«

Wohl wahr. Die Ankündigung einer Drohung genügte, die Annoncen erschienen nicht. Beachtlich war, wie genau die Bergbaubetreiber ihre Strategie verfolgten, wie sorgfältig sie jede Störung ihrer Absichten zu verhindern suchten. Das hätte Politiker auf die Idee bringen können, dass der Konzern sein Projekt für gefährdet hielt. Man sich ihm also nicht unbedingt unterwerfen musste. Schnell ging dieser selber zum Angriff über. Gerade das erlebten wir nun. Noch eben rechtzeitig erfuhren wir, dass tausend Arbeiter zu unserer Protestversammlung kommen würden. Sie sollten sie umfunktionieren in eine Demonstration für die Erhaltung ihrer Arbeitsplätze in zwanzig, dreißig Jahren. Man hatte die Arbeiter instruiert, sie waren voller Kampfeslust, hörten wir, und sie wollten gemeinsam auftreten, vor der Halle Werbematerial verteilen und in der Halle dominieren.

Es war ein makelloser Sommertag, so schön, dass man wünschen konnte einen Landausflug zu machen. Aber wir kamen vom Lande und fuhren nach Erkelenz. Simon war schon sehr früh am Morgen gefahren. Auch wir, Magda, Max und ich, kamen lange vor dem Beginn. Es muss so gegen acht Uhr gewesen sein. Max kam mit, obwohl er es für sinnlos hielt. Ich fand gut, dass er dabei war. Simon meinte, es könnte zu Prügeleien kommen. Die Aggression blieb zu fürchten. Schon als wir uns Erkelenz näherten, sahen wir am Stadtrand, noch ziemlich weit entfernt von der Halle, die Busse, mit denen die Arbeiter gebracht wurden. Joseph und seine Freunde hatten mit Hilfe eines Freundes, der in der Stadtverwaltung arbeitete, erreicht, dass den Bussen diese Parkplätze angewiesen wurden. So mussten die anmarschierenden Männer erst einmal einen längeren Weg zu Fuß gehen, was vielleicht zur Beruhigung beitrug. Doch blieb die Sorge, was geschehen könnte, wenn tausend Männer störend einfielen in eine Versammlung, in der nicht alle einverstanden sein würden mit ihrem Erscheinen. Die Halle war schon gut besetzt, als die Rheinbrauner näherkamen. Von weitem sahen wir die Spruchbänder, die immer zwei Männer in großem Abstand voneinander hoch über den Köpfen der anderen hielten. *Strom-Braunkohle für alle, auch für Euch in der Halle* konnte ich lesen, und das nächste: *Wir lassen uns nicht vertreiben, Braunkohle muss bleiben!* Man hätte lachen können, wäre es nicht so bedenklich gewesen. Vielleicht waren sie wirklich überzeugt davon, dass nicht wir vertrieben wurden, sondern sie selber vertrieben werden sollten. Obwohl doch sie unser Land wollten. Wieder mal bewunderte ich die Magie der Worte der agitatorischen Infiltration. Möglicherweise waren sie in Gemeinschaft und Kampfeslaune überzeugt davon, dass sie die Opfer waren und Recht hätten, sich zu empören. Aber jetzt blieb mir keine Zeit, um mit Magda und Max darüber zu sprechen. Wir standen noch immer am Eingang der Halle. Auf dem Weg dorthin gab es viele Mahntafeln, die wir kannten: *Verheizte Heimat* und immer wieder *No zu Garzweiler Zwo*. Auch Tafeln mit Namen der Dörfer, die schon lange nicht mehr existierten.

Inzwischen kamen die Rheinbrauner immer näher. Joseph brachte einen Freund mit, einen langen, hageren Mann, von dem Simon mal gesagt hatte, er sei Geologe und einer der einfallsreichsten Köpfe der Rheinischen Bürgerinitiativen. Eben dieser bat uns, nun alle in die Halle hineinzugehen, um jede Konfrontation zu vermeiden. Er selber hatte sich eine Kamera auf die Schulter gesetzt, so wie in dieser Zeit Fernsehjournalisten sie für kleinere Gelegenheiten brauchten. Langsam ging er mit Joseph an der Seite auf die Arbeiter zu, die jetzt die Halle fast erreicht hatten. Es war nicht wichtig, ob er wirklich filmte, es war nur das Dritte Auge, die Kamera, die sie irritierte. Das Dritte Auge auf der Stirn der Erleuchteten in der Mythologie – der Gedanke amüsierte mich. Wie doch alles schon erzählt und beschrieben worden war, beschworen und wieder vergessen und wieder neu erlebt in anderer Verwandlung. Jetzt blieben die Rheinbrauner der ersten Gruppe stehen, die nachfolgenden kamen dazu, drängten auf den Platz vor der Halle. Im selben Augenblick hatte der Geologe schon ein Megaphon in der Hand und begrüßte alle auf das Herzlichste. Es sei schön, dass sie gekommen seien. Wir würden uns freuen, sie bei uns zu Gast zu haben und sie sollten sich hier wohlfühlen. Dabei wies er auf einen Tisch, den er seitlich auf dem Platz vorm Eingang bereitstellen ließ und sagte zu den Männern in den ersten Reihen, dort gäbe es Bier und Schnaps zu ihrer Begrüßung. So gelang es ihm, dass alle Arbeiter ganz friedlich nach und nach in die Halle kamen. Dort gab es Sitzreihen, die in Sektionen aufgeteilt waren, mit blauen, schwarzen und roten Stühlen. Den Arbeitern wies er die für sie reservierten roten Stühle zu, damit sie alle zusammenbleiben konnten. Sie gingen hin und setzten sich, nicht ohne auf die gepolsterte Rückseite der Lehne ihr Logo aufzukleben. JA *zu Rheinbraun*. Ein Betriebsrat, der mitgekommen war, wurde gebeten, sich neben den Veranstaltern vorne aufs Podium zu setzen. Ein Stuhl auf dem Podium blieb noch frei für den Minister. So begann doch alles wie geplant.

Ein evangelischer Pfarrer sprach zur Eröffnung klug und freundlich. Wir hätten Vorteile durch die technische Entwicklung gehabt, sodass die westliche Gesellschaft zur führenden Macht in der Welt wurde. Nun aber würde durch sie mehr zerstört, als wir verkraften könnten. Da wurden schon die Männer auf den roten Stühlen unruhig, und einige setzten ihre gelben Helme auf, die sie bei der Arbeit trugen. Der Pfarrer sprach nun auch über Arbeitsplätze, und die Stimmung beruhigte sich. Etwas zu früh, denn die Rede war jetzt nicht von ihren Arbeitsplätzen, sondern von denen in der wasserabhängigen Industrie, die durch die Sümpfung verloren gingen. Auch wäre die Braunkohlenindustrie vergleichsweise wenig arbeitsintensiv. Da wurde lautstark protestiert und einige, die schon die Helme aufgesetzt hatten, sprangen von ihren roten Stühlen auf und reckten die Arme. Was sie riefen, konnten wir nicht immer verstehen. Magda, Max und ich hatten nur am Ende der Halle noch Plätze gefunden. Doch standen wir immer wieder auf und gingen nach vorne, um die Gesichter der Sprechenden besser sehen zu können.

Simon saß in der Nähe des Podiums mit Joseph und seinen Freunden. Ich sah auch den Geologen im Raum. Sie alle hatten angespannte ernste Gesichter. Es war die Stimmung einer Generalprobe, der niemals eine Premiere folgen sollte. Der Pfarrer kam zum Ende seiner Ansprache. Er gab zu, dass wir »Protestler«, wie er uns nannte, den ungeladenen Gästen und der Macht, die sie geschickt hatte, unterlegen waren. Und wir, die mehr als 2 000 Protestler in der Halle, hielten still, denn es war ja richtig, was er sagte. Wir waren macht- und mittellos, auch »naiv oder dumm und anstrengend«, wie er hinzufügte. Machtlos seien wir schon allein deswegen, weil wir der hochkarätigen Werbung des Konzerns in allen Medien nichts entgegensetzen könnten. Wir auch nicht die Mittel hätten, Menschen zu fördern, die in den Ausschüssen in unserem Sinne arbeiten würden. Naiv oder dumm, weil wir tausend Leute, die gegen uns demonstrieren wollten, wie jetzt geschehen, zu uns in die Halle einluden. Und anstrengend, weil wir nicht nur Spruchbänder schwenken, sondern hier Fachleute anhören und sachlich Argumente diskutieren wollten. Es ging nicht darum immer wieder Schlagworte auszutauschen, sondern zu überlegen, welche Energien wir ausbauen wollen und wie es möglich sein könnte mit der Natur in Einklang zu leben. Daraufhin herrschte abwartende Ruhe in der Halle. Und so begann dann die Diskussion auf dem Podium über die ökologischen Auswirkungen des Tagebaus.

In ganz seltenen Momenten schien es, als würden die Argumente von der Gegenseite gehört werden, wenn es etwa um den Verlust von bestem Trinkwasser für uns und die kommenden Generationen ging. Oder als auf dem Podium darüber gesprochen wurde, dass die Quelle des ihnen allen bekannten Flusses, der Niers, seit langem schon durch die Sümpfungen versiegt sei. Dort wo die Quelle einst war, musste nun ständig künstlich Wasser eingeleitet werden, damit der Fluss nicht austrocknete und es den Anschein hatte, alles wäre noch in Ordnung mit der Natur. Da blieben unsere Gäste ruhig. Selbst bei der Erwähnung, dass Rheinbraun hier die größte Grundwasserabsenkung der Welt zu verantworten habe und es nichts Vergleichbares auf dem ganzen Planeten gebe, herrschte Gelächter, Desinteresse, vielleicht auch Zustimmung. Erst als einer aus dem Publikum, der zu denen gehörte, die in den nächsten Jahrzehnten ihre Heimat verlieren sollten, sagte, er verstehe gar nicht, warum es bei uns eine solche Empörung gegeben habe, als in Rumänien Staatschef Ceaușescu Dörfer umsiedelte. Dies geschehe hier bei uns doch seit langem und wie dies möglich sei, ohne irgendeine öffentliche Erregung. Darüber sollte man endlich einmal sprechen, welche Parallelen es gäbe zwischen dem, was wir im eigenen Land anrichteten und dem, was wir, wenn es im Ausland geschah, so heftig kritisieren würden. Was dies hier denn anders wäre. Da brach ein Sturm der Empörung los. Die Männer mit den Helmen sprangen von ihren Sitzen und taten das, wozu sie gekommen waren, sie deklamierten lautstark das Recht auf Arbeit und auf Zukunft für sich und die Ihren und für den Wohlstand des Landes. Obwohl letzterer nicht unbedingt mit ihren Arbeitsplätzen zusammenhing. So wenig wie auch der Text eines ihrer Transparente *Bergleute – geborene Umweltschützer* uns überzeugte. Sowohl die Gewinnung als auch die Verstromung der Braunkohle schädigen die Umwelt. Doch wir verstanden ja, dass es nur auf scharf formulierte Behauptungen ankam. Sie lenkten von den Fakten ab und bestimmten den Eindruck, vor allem für die Medien. Deutlich wurde, dass es sich hier nicht so sehr um einen Arbeitskampf handelte, sondern mehr um eine Demonstration. Sie sollte uns erinnern an die Macht des Konzerns und der Gewerkschaften, die uns diese Männerschar gesandt hatten. Wieder gemeinsam, nun ein wenig versetzt hintereinander, riefen sie ihre Parolen. »Umweltschutz immer, Arbeitsplatzvernichtung nimmer!« Das reimte sich gut und klang vor allem wie ein Willkommensgruß der Bergleute für den Minister, der in diesem Augenblick die Halle betrat. Es umringte ihn ein Schwarm von Leuten, der am Eingang der Halle auf seinen Auftritt gewartet hatte, und er grüßte uns alle freundlich, langsam auf das Podium zugehend. Unsere Hoffnung richtete sich für eine Weile nun auf ihn. Vielleicht würde er ruhig eine einfache Erklärung abgeben und so die Angst der zweitausend Menschen in der Halle zerstreuen. Diese Angst, dass ihnen der Boden unter den Füßen weggerissen werde sollte durch ein Jahrhundert-Projekt. Wir hofften auf Einsicht oder Gerechtigkeit, vielleicht auch auf Bescheidenheit eines Politikers, der die Grenzen seiner Vorstellungskraft als Limit ansehen könnte für Entscheidungen, die er mit zu verantworten hatte und die sehr weit in eine ungewisse Zukunft reichten. Der Minister war vor der Halle schon von Rheinbraunern begrüßt worden, die dort Informationsstände aufgebaut hatten und Luftballons verteilten. Blaue Luftballons – hellblau wie reine Himmelsluft, die von keiner Abgaswolke getrübt wird – flogen leicht in die Höhe und wurden vom Wind übers Land getragen.

Mit einer Rede des Ministers begann der Diskurs über Energie und Umweltpolitik der Landesregierung. Nun erst waren wir wirklich in zwei Lager getrennt, die Arbeiter dort und wir rundherum. Denn nun ging es zur Sache: Genehmigung des Tagebaus Garzweiler II. Darum waren die Bergarbeiter gekommen. Um den Minister zu unterstützen oder vielleicht auch, um auf ihn aufzupassen. Damit er nicht plötzlich, beeindruckt von den vielen Gegnern des Projekts, doch noch unsicher wurde in seiner Entscheidung. Er sollte überlegen, welches Stimmpotenzial wichtiger war und wer hinter wem stand. Bei dieser Rechnung hatten wir keine Chancen. Die Argumente, die vor seinem Erscheinen diskutiert worden waren, hatte er nicht gehört und am Nachmittag, wenn Alternativen für die Energiepolitik vorgestellt werden sollten, würde er nicht mehr anwesend sein. Seine lange Rede war erstaunlich. »Wie eine Springprozession«, flüsterte Magda mir zu. Tatsächlich schien der Minister Verständnis zu haben für uns alle und für jedes unserer Probleme, er wolle sie sich gern zu eigen machen. Doch zwischendurch kehrte er immer wieder zur Notwendigkeit zurück, die es vielleicht geben könnte, den Abbauplan doch zu genehmigen, weil dies eine gute Möglichkeit wäre, billige Energie zu gewinnen. Es war ein Lehrstück, wie man mit Worten viele Sätze bilden kann, auch verständliche Wörter benutzen, und das Ganze ist dann doch eine Aussage, die sich selber widerspricht und so aufhebt. Selbst die Rheinbrauner saßen währenddessen meistens ruhig da, bis sie ausdrücklich vom Minister aufgefordert wurden, Stellung zu nehmen. Worauf sie eilfertig sich erhoben und klatschten und wieder riefen: »Braunkohle immer« oder dergleichen, und er belohnte sie, indem er ganz präzise diesmal seine Verbundenheit mit ihnen bekundete. Es war ein lehrreiches Schauspiel. Auch faszinierten mich diese frohgemuten Männer mit ihren Helmen gegen Steinschlag und Gefahr am Arbeitsplatz. In dieser Umgebung waren sie auffallend sinnlos als Schutz gegen Angriffe. Hier gab es nur verbale Angriffe gegen die Politik der Regierung und des Konzerns. Davon waren die Bergleute nicht wirklich berührt. Zu sicher waren sie, dass sie abhängig vom Konzern waren und dass der Minister auch abhängig von ihnen war, weil der Konzern hinter ihnen stand. Es gab ein einziges Zugeständnis, das der Minister uns, den Protestlern, machte. Er ließ eine letzte Entscheidungsmöglichkeit noch vage offen. Sagte, er müsse abwarten, es stünde das Gutachten über die Sozialverträglichkeit der Umsiedlungen noch aus. Sollte es negativ ausfallen, müssten er und die Regierung alles nochmal überdenken. Bis jetzt läge es aber noch nicht vor, sagte er. Dabei wussten wir, dass es längst im Ministerium lag, nur noch nicht ganz im Sinne des Ministers war. So schützte er sich und zwang uns zur Höflichkeit. Trotzdem riefen einige von uns »Feigling«, weil offensichtlich war, dass er uns zugeneigt wirken wollte, obwohl er uns in nichts nachgab. Sein Hauptargument für die Notwendigkeit von Kohlestrom war der Reaktorunfall in Tschernobyl. Mit einer leichten Andeutung der Bewegung beider Hände applaudierte er lächelnd in Richtung der beiden Arbeiter, die in einer der hinteren Reihen ein Transparent hochhielten: *Lieber Garzweiler II als Tschernobyl II.* Als sie nun aufsprangen und so frenetisch dem Minister zujubelten, weil er sagte, er stehe hinter ihnen, auf seine Stimme könnten sie gewiss zählen, da entdeckte ich einen uns bekannten jüngeren Mann unter den Arbeitern. Er hatte in Garzweiler in einem der Häuser gewohnt, die Rheinbraun früh gekauft hatte und war manchmal zu uns auf den Hof gekommen, weil er Pferde mochte. Damals hatten wir noch zwei Haflinger und ein altes Kaltblutpferd. Jetzt sah ich ihn, Horst Schmidke, unseren ehemaligen Nachbarn, mit dem Helm auf dem Kopf inmitten seiner Kumpels stehen und dem Minister applaudieren. Obwohl wir nicht nah beieinander saßen, muss auch er uns bemerkt haben, weil wir laut riefen, der Minister solle mit seinen Kumpels verschwinden. Horst Schmidkes Blick glitt über uns hinweg, er hob drohend die Faust in unsere Richtung und schrie zu uns hinüber, wir hätten hier überhaupt nichts zu suchen. »Ihr Garzweiler seid doch schon alle erledigt,« rief er und sah uns so abschätzend fremd an, als hätten wir nie zusammen gesessen und gelacht. Er sprach erregt mit seinen Nachbarn und nun sahen sie alle zu uns herüber. Das alles spielte sich in wenigen Sekunden ab und ging dann unter, weil sich die Bergleute wieder setzten. Der Minister bat um Ruhe und beantwortete einige Fragen, wobei er oft mit denselben Sätzen antwortete, die er schon in seiner Rede gesagt hatte. Simon wollte ihn herausfordern und fragte, ob man nicht mal anders denken und argumentieren könnte. »Schauen Sie sich die Grube an, Herr Minister, nicht nur auf dem Bildschirm! Gehen Sie durch die Dörfer, die verschwinden, gehen Sie bis an den Rand der Grube, wo Sie wirklich den Umbruch der Erde, die Gewalt des Eingriffs erkennen werden, die auch Sie vielleicht atemlos macht und verzweifeln lässt an der Weisheit Ihrer Entscheidungen. Sie werden sehen, hier wird die Technik kriegerisch eingesetzt, und Sie wissen, jetzt geht es wie in einem Feldzug um die Eroberung eines weiteren Landes, um die Ausweitung des Schlachtfeldes, das es auszubeuten gilt. Sie sagen, es kommt dabei kein Mensch zu schaden. Wirklich nicht? Ist die totale Auflösung von Heimat kein Verlust? Und ist es darüber hinaus nicht bedenklich und in den Folgen noch gar nicht absehbar, dass Ihre Entscheidungen bestimmt werden von den Vorgaben, die Ihnen die Technik liefert, gesteuert von Impulsen, die nur den Moment bedienen. Und wird nicht auch uns, die wir hier vertrieben werden, dieser Rhythmus in allem aufgenötigt? So, dass unsere eigenen Entscheidungen oft nur noch kurzfristig Geltung haben, so als hätten auch wir ein Leben wie ein technisches Gerät, das ein- und auszuschalten ist. Merken wir nicht selber schon, dass unser Gefühl für die Zeit sich wandelt und wir immer fürchten, nie genügend präsent zu sein im Moment, weil nur noch dieser zählt, alles sofort und gleich. Und als Folge davon das ständige Bedürfnis, dass etwas anders sein soll, als es ist und so nie genug sein kann. Wir Landwirte kennen Ruhezeiten der Natur. Wir sind vertraut mit dem natürlichen Tod, dem wir alle unterworfen sind. Er kann schrecklich sein, aber weit furchtbarer ist die unvollkommene Nachschöpfung, die wir in die Welt brachten, der unfruchtbare Tod. Eine missratene Nachahmung des natürlichen Todes, unschlagbar eifrig. Wir sehen überall seine Ernte. Im Atlantischen Ozean bewegen sich über dem Boden des Meeres unförmige Wolken von

Plastikmüll. Im Äther kreisen die Abfälle, die niemals sich wieder auflösen werden. Die Natur wandelt das Vergehende in Neuentstehendes. Dagegen der unfruchtbare Tod, unsere Erfindung, produziert ständig Müll, nicht mehr regenerierbaren Abfall. Aber wir huldigen ihm, weil er unser Geschöpf ist, unvollkommen wie wir selber. So viel Wissen und Geld wird investiert, um dem natürlichen Tod noch Zeit abzuhandeln für einen jeden von uns. Doch nichts wird getan gegen den unfruchtbaren Tod. Er ist unser Götze, ihn verehren wir, arbeiten ihm zu …«

Weiter kam Simon nicht. Er wurde unterbrochen durch Rufe und Gelächter der Behelmten und den Wunsch des Ministers, auch auf andere Fragen eingehen zu wollen. Dabei betonte der Minister noch einmal, dass nichts entschieden sei, und alles würde nach Recht und Gesetz geschehen, da könnten wir unbesorgt sein. Das war ein Satz, der mir lange nachging. »Wahrscheinlich wird alles nach Recht und Gesetz gehen, weil die Regierung die Gesetze so ausgestaltet, dass sie ihren Vorhaben dienen«, meinte Max. Anderseits gab es ein elementares Grundgesetz, das Recht auf Heimat. Wenn die Regierung und der Konzern sich einig waren, konnte es für uns nur noch die Hoffnung auf die Justiz geben, eine Justiz, die unsere Rechte wahrte.

Simon begann noch einmal, bat den Minister, man möge die Fakten beachten, die Untersuchungen von unabhängigen Gutachtern. Nicht nur die von der Regierung beauftragten. Alle sollten veröffentlicht werden, und dies bevor die endgültige Entscheidung fiele. Dann war die Zeit um, die der Minister sich für uns genommen hatte. Man dankte ihm und es gab minutenlangen Applaus von denen, die auf den roten Stühlen saßen und auch von uns allen.

Wir waren uns einig. Es war gut, dass es nun eine Pause gab. Auch unsere tausend Gäste strömten aus der Halle. Ihre Verpflegung war rechtzeitig geliefert worden. Alles war perfekt von ihrem Arbeitgeber oder der Gewerkschaft für sie organisiert. Die Metalldeckel von den Gulaschkanonen wurden hochgehoben und die warme Suppe an die Männer verteilt, bevor sie sich wieder auf den Weg zu den Bussen machen würden. Doch war alles auch von den Bürgerinitiativen vortrefflich vorbereitet worden. Wir konnten uns Essen kaufen. Es gab drei Ausstellungen, Bücher- und Infostände und die Band *Blue Sisters* spielte. Man schlenderte umher, die Musik im Ohr, unstetig, zufrieden und erwartungsvoll. Es war noch immer ein sonniger Tag. Von weitem sah ich wieder Horst Schmidke, unseren früheren Nachbarn aus Garzweiler. Er hatte einen Plastikteller mit Suppe in der Hand, während er sich mit Kollegen unterhielt. Die Helme lagen zu ihren Füßen. Er sah mich vorbeigehen und nickte mir zu und auch ich grüßte ihn und dachte an den feindlichen Ausdruck seines Gesichtes, als er mich im Saal entdeckt hatte, so als wäre er dort ein anderer gewesen, Teil seiner Gruppe. Ich fragte mich, was geschehen würde, wenn jemand sich der Kraft dieser Gruppe bedienen würde zum Angriff gegen uns, die wir ihren Plänen im Wege standen. Doch jetzt war alles friedlich verlaufen, da auch wir uns zurückgehalten hatten. Joseph hatte uns den Brief gezeigt, der den tausend Männern von ihren Vorgesetzten mit auf den Weg gegeben wurde: »… Ihr dürft Emotionen zeigen, aber achtet darauf, dass der Eindruck für die Pressevertreter gut ist.«

Der Eindruck war gut, und alle konnten zufrieden sein. Auf einmal gefiel mir unser langweiliges Land, wie es sich so im harmonischen Winkeldasein eingerichtet hatte. Dieser Staat des Ausgleichs, der Unbeweglichkeit und Käuflichkeit, symbolisiert durch die schwere Gestalt unseres Kanzlers. Ich hatte die unbestimmte Hoffnung, dass dieses Ausgleichende auch in den Verhandlungen mit Rheinbraun zur Wirkung kommen könnte. »Ist doch ganz prima, unser friedfertiges, laues Land«, sagte ich zu Simon. Doch er war nicht der Meinung, dass es gut gelaufen war.

»Gewiss, es gab keine Schlägerei, das ist gut. Aber was ich fürchte, ist, dass wir selber immer meinen, wir müssten alles noch genauer diskutieren, überlegen, Fakten sammeln. Alle klagen sich gegenseitig ihr Leid, suchen Therapien, doch entscheiden sich nie zur Gegenwehr, überlassen am Ende alles anderen, meinen selber nicht kompetent zu sein. Das Harmoniebedürfnis kann auch des Guten zu viel sein, ein Betäubungsgas, damit wir friedfertige Schafe werden unter einer Regierung, die uns friedfertig halten will, damit wir ihre Geschäfte nicht stören. Geschäfte, die uns zornig machen sollten.«

Ich wollte etwas entgegnen, aber in dem Augenblick lief der uns gut bekannte Rechtsanwalt Heinz Martens vorbei und winkte uns zu. Auch er schien erfreut über den harmonischen Verlauf und rief wieder einen seiner Lieblingssätze, Ausdruck seiner, wie er selber behauptete, durch eifriges Lesen erworbenen Lebensphilosophie. »Sie alle sollten zufrieden sein, wir leben in der besten aller Demokratien. Das heißt, alle sind friedlich und lassen Fünfe gerade sein.« Er war oft der Vermittler gewesen zwischen den Bewohnern von Garzweiler und dem Konzern, wenn es um Immobilien ging. Schon jetzt stand für ihn fest, weiterhin viele neue Aufträge zu bekommen von den Bewohnern der an diesem Tag oft erwähnten Dörfer, deren Abriss er im Sinne einer Modernisierung der Welt nur gutheißen konnte, wie er uns lächelnd zu Verstehen gab. Gut gelaunt eilte er weiter, seine Arme hin und her schwingend vor Vergnügen. Ihm folgte der Architekt, der vielleicht den Auftrag bekommen wird, die Dörfer neu zu konzipieren, falls alles nach Plan für den Konzern liefe. Stets fragte er uns, wann wir endlich unseren Hof verlassen würden. Er war ehrlich besorgt. Wie er zuvor allen Umsiedlern geraten hatte, riet er auch uns, keine Kraft zu verlieren durch einen am Ende doch zwecklosen Widerstand, sondern unsere Kraft einzusetzen für die Gestaltung des neuen Ortes. Ein gut gemeinter Rat. Wie er überhaupt ein äußerst zuvorkommender Herr war, der im Dienst des Konzerns stand. Das vergaßen wir nicht bei allem, was er sagte.

Inzwischen hatte auch der Minister sich gelöst von den Leuten in der Halle, die noch mit ihm sprechen wollten. Er war nun in Eile. Trotzdem gelang es einer älteren Frau, ihn kurz aufzuhalten. Sie war Witwe und wohnte seit langem zur Untermiete in einem Hof. Wo sollte sie hin, wenn er aufgelöst wurde? Der Minister sprach mit ihr und ging dann weiter, umgeben von seinen Leuten. Die Frau kam auf uns zu. Wir kannten sie nicht, aber sie sprach uns an mit dem Ausdruck vollkommener Freude auf dem Gesicht, ganz erlöst und freigesprochen von ihren Sorgen. Sie sagte, der Minister sei so gütig gewesen, habe ihr zugehört, sich ihren Namen nennen lassen und würde ihn behalten. Es gebe Möglichkeiten und natürlich sei ihr Problem leicht zu lösen. Sie möge nur Vertrauen haben. »Er hat so freundliche Augen. Er ist ein guter Mensch und weiß, wie es uns geht, den kleinen Leuten«, sagte sie und blieb noch einen Augenblick bei uns stehen. Dann ging sie weiter, um überall ihr Erlebnis zu erzählen. Es war ihr Glück, einen Menschen getroffen zu haben, der sie verstand und ihr helfen würde.

Wir blieben am Stand der Rheinbrauner, die ihr Werbematerial zusammenpackten. Ich nahm eine Broschüre mit, in der die wunderbare neue Welt auf Hochglanzpapier dargestellt war. Scheinbilder von dem, was in dreißig, vierzig Jahren vielleicht einmal an Stelle unseres Landes entstehen könnte, wenn die Grube wieder mit Erde aufgefüllt würde, wozu man ja dringend Garzweiler II öffnen musste. Das Neuland war sehr grün und sehr schön, vollkommen genormt. Die Menschen waren jung, dynamisch und im Freizeitglück draußen vor ihren kleinen Villen in Gärten mit Swimmingpool und Hollywoodschaukel. Nein, nichts war utopisch entworfen, weder die Architektur noch die Kleidung der Menschen. Sie sahen aus wie heute jedermann, die Frau, der Mann, die zwei spielenden Wunschkinder, Junge und Mädchen. Sie würden später in diesem Neuland leben, wenn alles einfach so weiterliefe wie geplant. Bei dem Material der Bürgerinitiativen gab es hektographierte Aufrufe und Botschaften, Broschüren über den Anstieg der CO_2-Emission, über das Waldsterben, neue Wind- und Wasser-Energien, auch eine Darstellung des Verhältnisses von Kohlegewinn und Wasserverlust. Da stand eine gläserne Ein-Liter-Milchflasche, vollgefüllt mit Wasser. Daneben lag ein winziges Stück Kohle, und von dem würden auch nur 30 Prozent genutzt, alles andere ging in den Kraftwerken ungenutzt zum Schornstein hinaus. Dieser Anteil von 30 Prozent ließ sich steigern um zehn Prozent durch den Bau eines moderneren Kraftwerks. Dies aber müsste, um gut Gewinn zu bringen, dreißig Jahre laufen, und damit es dafür nie an Kohle mangelte, müsste Garzweiler II genehmigt werden. »Was also wollt ihr?«, fragte Max, »so oder so, ihr verliert immer.«

Nach einer Stunde war die Pause vorbei und die Bergarbeiter hatten ihre Transparente wieder eingerollt und zogen ab. Max, Magda, Simon und ich gingen zur Halle zurück. Joseph kam mit uns und rief: »Ich denke, wir gewinnen. So viele von unseren Leuten sind gekommen.«

»Auch für die Rheinbrauner war es ein Erfolg. Sie haben dem Minister den Rücken gestärkt. Es war deutlich genug, er will die Ausweitung der Grube«, sagte Simon. Da drehte sich ein alter Bauer um, der vor uns ging. Er streckte den rechten Arm vor und hielt seine Hand mit der Handfläche nach oben: »Wenn sie mir die vollmachen, dann geh ich nicht.« Und dann streckte er auch den anderen Arm vor und hielt die andere Hand weit auf: »Aber wenn sie mir auch die zweite noch voll machen, dann geh ich.«

»Ja, so kann man es sehen.« Simon lachte auf eine Art, die mir in der letzten Zeit schon bei ihm aufgefallen war. Es war wie ein Auflachen, das plötzlich abbrach. Er nahm mich beim Arm und ging mit mir weiter: »Was erwartest du, der Mann ist ehrlich.«

So begann der zweite Teil dieses historischen Treffens, in dem gar nichts entschieden und doch vieles deutlich wurde. Vor allem sprachen an diesem Nachmittag Bürger aus den gefährdeten Dörfern, wie schon im Programm angekündigt. Nicht nur die Experten sollten zu Wort kommen, sondern auch die, welche ausbaden mussten, was andere angerichtet hatten.

Joseph tat es leid, dass er am Morgen sich nicht zu Wort gemeldet hatte, als das Transparent mit der Inschrift *Lieber Garzweiler II als Tschernobyl II* hochgehoben wurde und so beifällig vom Minister gelobt wurde. »Wir hätten ihn fragen sollen, wessen Interessen er vertritt«, sagte Joseph, »seine Sorge um billigen Strom soll er beim RWE vortragen. Der Konzern hat doch alles, Steinkohle und Braunkohle und Atomenergie. Je nach der politischen Stimmungslage und seinen eigenen Interessen setzt er mal mehr auf die eine Energie, mal auf die andere, spielt eine gegen die andere aus und kassiert immer finanzielle Unterstützung.« Keiner von uns antwortete, denn nun sprach eine Frau aus Immerath über die Unruhe in ihrem Ort, weil keiner sich vorstellen konnte, wie er die nächsten Jahre, Jahrzehnte leben sollte mit dem Wissen, dass es das Dorf im Jahr 2017 nicht mehr geben würde. Diese langfristig geplante Auslöschung, wie konnte man sie ertragen? Wie nimmt man Abschied vom Heimatort? Geht man schnell fort, ohne sich umzudrehen, oder bleibt man und versucht genauer zu begreifen, was dieser Ort für einen selber und für die Familie war, versucht neu wahrzunehmen und zu bewahren, was zuvor selbstverständlich schien? Vielleicht den Geruch der Landschaft, die Geräusche im Haus, die Farben des Dorfes und des wechselnden Himmels, die Nachbarn, den Klang ihrer Schritte auf der Straße, die Rufe, die nächtliche Stille. Die unscheinbarste Erinnerung würde später von Bedeutung sein. Ihre Nachbarin erklärte, dass schon der Gutachter bei ihr im Haus gewesen sei, der von Rheinbraun geschickte, um zu schätzen, welchen Wert das Haus, der Garten, der Hof oder die Wiese besaßen. Es war ein zähes Verhandeln. Wir wussten, wovon sie sprach. Auch bei uns waren die Gutachter von Haus zu Haus gegangen. Wir nannten sie die »Schätzer«. Sie konnten nur schätzen, achteten nicht das Gut, das sie betrachteten. Es interessierte sie nicht, dass man das Wesentliche nicht beziffern konnte. Sie hielten sich an die Quadratmeterzahl des umbauten Raumes, wobei das Alter wertmindernd war. Obwohl gerade das für uns den Wert eines Hofes um ein Vielfaches steigern konnte.

»Wie kann der Innenhof geschätzt werden, der wichtigste Platz, wo so vieles sich abspielte, wo gearbeitet und gefeiert wurde?«, fragte die Frau und musste einsehen, er hatte keinen besonderen Wert. Und ich dachte plötzlich, unbezahlbar war der Ausblick damals aus dem Bodenfenster im Jansenschen Hof. Als wir Else fanden und Max auf den Stuhl stieg, schaute ich dort hinaus und sah im Ausschnitt das Land. Es war ein aus dieser Perspektive noch nie gesehenes Bild. Das Land, ruhig ausgestreckt wie seit Urzeiten, und ich begriff in diesem Augenblick, dass wir alle dazugehörten.

Es sprach noch ein Bauer aus Holz, der vor zwanzig Jahren schon vertrieben worden war und es sprach ein Mann aus Wanlo, einem Ort, der erst in dreißig Jahren vernichtet werden sollte, und es waren immer dieselben Fragen: Wie war es zu ertragen, dass man gehen musste ohne Wiederkehr? Was ist Heimat und kann man sie transportieren? So wie Hinner gesagt hatte, als er ging: »Ich nehme sie einfach mit. Dann ist sie nur noch in mir, nicht mehr um mich herum.« Ist das eine moderne Form von Gewissheit, alles in sich hineinzunehmen, so vollkommen autonom? Für uns war es ein Glück gewesen, in einer kleinen Gemeinschaft aufzuwachsen, so wie es in unseren Dörfern selbstverständlich gewesen war, so nah Anteil zu nehmen an vielerlei Leben.

Lange redete eine Frau, die viele Namen ihrer Vorfahren nannte, die auf dem Hof in Borschemich gelebt hatten, einem Hof, den sie in zwanzig Jahren verlassen müsste, käme der Tagebau. So nannte sie Namen, von denen viele für uns fremdartig klangen, die ältesten davon waren nur noch in den Kirchenbüchern zu finden. Ernestine und Hermann, deren Kinder Manfred und Clothilde, und Wilhelmine und Hermann, Tusnelda und Bernward und Sigrun und Georg, Mechthild und Adalbert ... Ich sah, wie Magda leise, kaum bewegte sie den Mund, die Namen nachsprach. Sie war ganz eingefangen in sich, hörte und wiederholte die Namen, gab ihnen ein Echo. Zuerst waren alle in der Halle still gewesen, weil es so absonderlich klang, all die Namen zu hören. Dann aber begannen einige sich zu unterhalten, schon zu fragen, was man nach der Veranstaltung machen würde. Doch die Nennung der Namen blieb suggestiv für viele, die immer weiter zuhörten. Es war, als ob eine Reihe von Heiligen angerufen wurde. Johannes folgte auf Heinrich und Elisabeth auf Tekla, und Ruth auf ... Mich haben Genealogien immer fasziniert. Es ging ja nicht nur um Namen, sondern zu jedem gehörte eine Lebensgeschichte, eine Geschichte unseres Landes. Auch wenn wir hier nur die Namen erfuhren, ihre Aufzählung hob die Zeit auf, machte gleichzeitig die Fülle der Vergangenheit deutlich. Es war eine Beschwörung der Anwesenheit derer, die zur Familie dieser Frau gehört hatten. Ich begriff, sie würden anwesend bleiben, solange die Heimat blieb, ohne diese würden sie in Vergessenheit geraten. Hier wurden sie nicht als Tote aufgerufen, sie waren längst über den Tod hinaus. Als Vergewisserung ihrer Kraft wurden ihre Namen genannt, die so nicht verloren ging, die Glut ihres Lebens, auf die nicht die Asche unseres Lebens fallen sollte. Die Frau sagte, wir würden die Heimat verlieren, wenn wir nicht einige Generationen zurück die Namen unserer Vorfahren kennen würden. Magda saß stumm neben mir und ich erkannte plötzlich, wie müde sie geworden war. Ich erschrak und fragte sie, ob wir hinausgehen sollten. Früh am morgen waren wir aufgebrochen, und die Veranstaltung würde noch lange dauern. Wir könnten gehen. Aber sie wollte bleiben.

Als wir nach Hause kamen, fanden wir einen Brief von Hinner vor. Er hatte seit zwei Jahren nicht mehr geschrieben. Simon wollte, dass ich ihn vorlas. Er setzte sich an den langen Tisch, und auch Magda und Helmut setzten sich. Und so stand ich dann und las den Brief vor:

Liebe Leute vom Aschoffhof, seid Ihr noch da? Wo finde ich Euch sonst? Seht zu, dass Ihr bald wegkommt. Es gibt die Geschichte vom Land, in dem Schrecken, Verrat und Zank herrschten, und deswegen forschte man nach den Ursachen, bis man dahinterkam, dass vielleicht der Boden verseucht sein könnte, mit Unheil kontaminiert. Da beschlossen die Menschen, den Boden abzuheben und ihn in ein anderes Land zu tragen, und holten sich Erde von glücklicheren Ländern, um wie sie zu werden. So geht die Geschichte, von Marco Polo erzählt, dem Reisenden. Ich nehme an, meine liebe Schwester kennt sie. Nur müssten wir wissen, ob der Streit und die Missgunst und das Versagen und Unglück dadurch behoben wurden, und ob die verseuchte Erde anderswo dasselbe üble Schicksal den Menschen brachte. Oder gab es keine Menschen dort? Oder nahm man an, es wären keine, weil man sie nicht gleich sich selber achtete? Vielleicht habt Ihr das Buch und könnt es nachlesen. Im Übrigen finde ich es gerecht, was bei Euch dort geschieht. Haben wir nicht überall seit Jahrhunderten andere Länder kolonialisiert und ausgeraubt? Und weil das nicht mehr so gut geht, rauben wir eben das eigene Land aus. Die Gerechtigkeit holt uns ein. Euer Hinner

Wieder hatte er keinen Absender geschrieben. Er wollte keine Antwort. So blieb der Brief für uns eine undatierte Flaschenpost mit einer Briefmarke aus Guatemala. Abgebildet darauf der kleine Vogel Quetzal, von dem man sagt, er stirbt, wenn man ihn seiner Freiheit beraubt. Wir wünschten sehnlichst, Hinner käme endlich wieder. Käme wieder, solange der Hof noch stand. Und wenn er kommen würde, und es gab den Hof nicht mehr? Der Schlüssel würde nicht mehr auf dem Sims in der Remise liegen, wie er es seit Kindertagen gewohnt war. Kein Zettel am Gartentor oder an einem Baum: »Du findest uns da und dort … « So wie im Krieg in der Nähe der ausgebombten Häuser irgendwo angeheftete Zettel den Heimkehrern Nachricht gaben. Doch hier blieb kein Baum, keine Gartentür und keine Ruine stehen. Er würde bei Freunden fragen, sie könnten ihm sagen, wo wir geblieben waren. Borschemich war nicht weit entfernt von Garzweiler. Hinner würde uns finden.

Es wurde Herbst, früh am Tag schon dunkel. Max und Marmelstein waren abends zum Essen gekommen und wir saßen noch mit ihnen am Tisch – Magda, Helmut, Simon und ich –, als mich eine Kollegin aus Köln anrief. Wir sollten das Fernsehen anmachen. Das Unwahrscheinlichste wäre eingetreten. Nein, sie würde es nicht sagen. Wir würden es nicht glauben. Wir sollten es sehen, wir müssten es hören, wir müssten dabei sein. Und dann hörten und sahen wir, was noch immer geschah, überstürzend schnell und in Zeitlupe. Die Mauer in Berlin öffnete sich. Dieses Monument, das so unüberwindbar zu sein schien, war durchlässig geworden wie ein Deich, durch den an einer Stelle die Flut brach und der im gleichen Moment von zwei Seiten umspült wurde. Die Mauer war geöffnet worden für jedermann, der Lust hatte von Ost nach West, von West nach Ost zu spazieren, zu fahren, zu laufen, jubelnd über die Grenze hinüberzurennen, um jene zu umarmen, die man so lange nicht umarmen durfte. Um einander zu umarmen wie Gerettete, die sich umklammern vor Glück und so aus dem Strudel der Geschichte steigen, die sie zu ihren Gefangenen gemacht hatte. Es war das große Aufatmen, die verrückte Erleichterung, der Anlass jeden Menschen lachend ans Herz zu drücken, Tränen in den Augen, von Sinnen und doch ganz bei Trost. Gemeinsam blieben wir bis weit nach Mitternacht zusammen. Jetzt fehlte uns sehr das Dorf um uns herum, all die Menschen, mit denen wir vertraut gewesen waren, um miteinander zu feiern, um einander immer wieder das mitzuteilen, was wir doch gemeinsam sahen und was ein Einbruch der Realität in die Utopie zu sein schien oder vielmehr die Realisation einer utopischen Vorstellung. Wir redeten alle durcheinander, dann wieder blickten wir nur auf das Geschehen, das uns im Fernsehen gezeigt wurde. Wollten es immer wieder bestätigt haben, was dort in Berlin geschah und doch erst der Anfang war. Abbauen würde man die Kontrolltürme, die Stacheldrahtverhaue, die Elektrozäune, und auflösen den breiten Todesstreifen, der ein halbes Vaterland von der anderen Hälfte getrennt hatte. Ja, wir würden uns wieder zu einem Vaterland zusammenschließen. In diesem Augenblick hatte das Wort Vaterland sogar eine ganz unproblematische Bedeutung. Keine Mauer, keine Todeszone mehr mitten im Land. Magda weinte, sie schluchzte hemmungslos, wischte sich die Augen, fragte, ob wir hungrig seien, schwieg wieder, sah und hörte nichts als das, was sie da vor sich sah und hörte. Die zubetonierte Grenze ging auf. Wir sahen den Jubel der Menschen zu Füßen der Mauer, und niemand schien fremd dem anderen zu sein. Wir sahen, wie am Brandenburger Tor, dort wo die Mauer niedriger war, die Volkspolizisten oben auf der Mauer standen und sich zu den vielen Menschen neigten, die Geschenke hochhielten, Blumen und Getränke. Es war eine Verbrüderung, die selbst uns mitriss, die wir doch nur die kleinen Ausschnitte auf unserem Fernseher sahen. Oft standen wir auf, so als spürten wir die Lust der Freude mehr mit dem ganzen Körper, wenn wir uns bewegten.

Ein Schatten trübte ganz kurz die Stimmung, als wir sahen, wie die Kamera einem Mann folgte, der sehr aufrecht ging. Ein Herr so um die sechzig, graue Haare, gediegener Mantel. Ein höflicher Herr, der nicht von der Begeisterung angesteckt war, sondern ernst und nachdenklich blieb. Plötzlich, als die Kamera ihn gerade wieder aus dem Blick lassen wollte, rief dieser Herr den Vopos auf der Mauer zu: »Mörder!« Ganz unbetont, aber sehr laut, wie eine sachliche Mitteilung: »Mörder!« und wieder »Mörder!« Die Kamera folgte ihm, der gemessenen Schrittes weiterging und ab und zu dies eine Wort rief, das wie ein Messer in das Rufen und Reden der Feiernden fiel. Die Kamera nahm einige Menschen auf, die sich über ihn empörten und riefen, er solle verschwinden und sie nicht stören. Er ging immer weiter, und dann war diese kleine Szene auch schon zu Ende.

Magda sprach über Juchow und zum ersten Mal davon, dass sie doch einmal zurückgehen wollte, um den ehemals pommerschen Ort zu besuchen, in dem sie geboren worden war. Vielleicht gab es noch Nachbarn, Kinder, die sie von damals noch kannte. Sie war dabei vorsichtig in ihrer Wortwahl, so wie man auf unbekanntem Eis geht, nicht wissend, ob es einen trägt. Es gab einen Vetter, mit dem sie lose seit Jahren brieflich in Kontakt stand. Aber niemals hatte sie davon gesprochen, dass sie zurückgehen wollte. Juchow war polnisch geworden. Ihr Vater war Verwalter gewesen auf einem Gut, das Deutschen gehört hatte. Der Vetter hatte ihr einmal Fotos von den Gräbern ihrer Eltern geschickt, kleine Fotos, die sie in ihrer Handtasche verwahrte. Der Fall der Mauer erweckte den Wunsch, ihre Heimat wiedersehen zu können, die in all den Jahrzehnten für sie zu einem Phantom geworden war. Auch wir waren gewiss, wenn dies Wunder von Berlin möglich war, könnte auch bei uns manches Erstarrte in Bewegung geraten, würde vieles neu zu beurteilen und neu zu entscheiden sein. Wenn es möglich war, die zuvor so festzementierte Trennung aufzuheben, dann könnte es auch geschehen, dass hier die Einheitsfront zwischen Politik und Konzern aufbrach und dem Raubbau eine Grenze gesetzt würde. Sodass nichts Bestehendes mehr aufgegeben und zerstört werden musste, sondern alle Energie darauf verwandt werden konnte, die schon verursachten, nie wieder gutzumachenden Schäden auszugleichen. Wenn der Bruch der Mauer möglich war, dann könnte man Garzweiler wieder aufbauen, die Höfe, die Kirche … Dann könnten auch Kerstin wieder zurückkommen und Pitt. Aber wohin sollten sie zurückkommen? Alles zuvor Geschehene würde langfristig auch seine Wirkung in die neue gemeinsame Zeit des vereinten Landes hinein entfalten. Schon war der Neubau der Kirche in Neu-Garzweiler eingesegnet, in ihn eingebaut aus der alten Kirche die Orgel, der Marienaltar und das Glasfenster mit der Christusfigur. Gerettete Bruchstücke des Gewesenen, Zeugnis unseres eigenen Lebens, das wir bewahren wollten.

Tagelang gingen wir immer wieder zum Fernseher, sahen, wie immer wieder Breschen in die Mauer geschlagen und wie farbig besprayte Mauerstücke als Souvenire gehandelt wurden. Wir erwarteten einen Aufbruch, der nicht nur den Osten, sondern auch uns hier verändern sollte. Doch schwierig blieb sich vorzustellen, was das mit allen Konsequenzen bedeutete: wieder eine ungeteilte Nation zu sein. Würde man jene im Osten bestrafen, die ihre Freunde, Angehörigen, Kollegen bespitzelten und nicht selten dazu beitrugen, dass diese gefangen, verhört und verurteilt wurden? Was war mit denen, die im Westen lebten und für den Osten diese Dienste taten? Würde man denen Genugtuung geben, die Unrecht erlitten hatten, weil sie sich nicht in das System einpassen lassen wollten, das jetzt mit dem Mauerfall seine Existenz aufgab? Was würde geschehen mit den Braunkohletagebauen im Osten? Würde eine weisere gesamtdeutsche Regierung diesen Abbau stoppen, dem auch dort ein Dorf nach dem anderen zum Opfer gefallen war? Und was würde das für Auswirkungen haben auf uns? Ja, wir machten uns Hoffnung, es könnte einen Neuanfang geben, nicht nur für jene, die nun mit einem Begrüßungsgeld ausgestattet an den Schaufenstern des Berliner KaDeWe vorbeizogen, wo die prächtigsten Abendroben für die gesellschaftliche Wintersaison ausgestellt lagen. Das Fernsehen zeigte die Ströme der Autos und der Menschen, dazwischen vereinzelt hervorgehoben Gesichter, eins nach dem anderen, fremd und vertraut. Erwartungsvoll suchende Blicke, aufleuchtend, irritiert. Dann durch das Schaufenster hindurch der Blick auf eine Abendtasche, schwebend auf einem pailletten-besetzten roten Chiffon, der über einem schwarzen Seidenrock lag. Die Tasche aus dem Fell eines Hermelins. Vorne drauf sein Kopf, plötzlich nah im Bild wie im Vorbeihuschen, ein kleiner Totenschädel, zart behaart, pupillengroße Knopfaugen in denen sich Licht spiegelte.

Ich nahm nun auch tagsüber manchmal Tabletten, um mich zu beruhigen. Trotzdem wurde ich ungeduldiger und stritt mich jetzt öfter mit den Schülern, wollte nicht ständig abgelenkt werden, sprach vom Zeitraffertempo, das ich nicht mehr mitmachen würde. Wenn ich nachmittags oder abends endlich frei hatte und nach Garzweiler zurückfuhr, war ich empfindlich. Schob eine Musik-Kassette ein, hörte klassische Musik, die mich schwermütig machte. Ich meinte, alles intensiver aufzunehmen als früher. Vielleicht gab es ein Echo vergangener Bilder in der Gegenwart. Ich fuhr immer dieselbe Strecke von Köln zurück über Jackerath, dann unter der Autobahn hindurch in mein »einziges Land«, wie ich es nun nannte. Ich wollte zu ihm halten, weil es seit langem und viel zu lange schon vorbereitet wurde auf eine Operation und in Erwartung dieser so elend verharrte. Die Natur schien hier jetzt viel zögernder zu sein als dort, woher ich gerade kam, jenseits der A 44. Sie war die Grenze, über die das neue Großprojekt hinübergehen würde. Ich meinte sogar, die Färbung des Himmels ändere sich in meinem Land. Die Leere machte es zu einem Resonanzboden, auf dem ich fuhr. Kein Auto kam mir entgegen oder überholte mich. Von Priesterath, dem Straßendorf, standen nur noch wenige Häuser. Sie wirkten künstlich, so verschlossen und abgetan, hyperrealistisch wie auf den menschenleeren Stadtbildern von De Chirico. Als hätten sie etwas mit der Erstarrung menschlicher Körper zu tun, dem totalen Stillstand des Geistes bei Anwesenheit noch der Aufnahmefähigkeit der Augen. Von weitem sah ich die ein Kilometer lange geschlossene Front der Pappeln, die einseitig die Straße nach Belmen begleitete. Eine sehr hohe, dicht ineinander gewachsene grüne Wand. Es überraschte mich immer wieder, dass sie so lange noch stehen blieb. Vielleicht gab es doch so etwas wie Hemmung, eine solche Baumreihe zu fällen. Aber irgendwann würden die Aufräumkommandos kommen und sie in kleine Stücke zerlegen. Ich wünschte, bevor das geschah, sollte sie senkrecht in den Himmel fahren, wie ein Vorhang in einem Auditorium, der sich geräuschvoll nach oben hin öffnet. Nur, was würde dahinter zu sehen sein? Simon sollte es mir sagen. Vielleicht würde es das endlos weite, flach sich erstreckende, weiß gleißende Land des Todes sein. So wie er es mir mal beschrieben hatte, als unsere Mutter gestorben war und ich ihn fragte, wo ich sie suchen könnte.

Eines Tages, als ich sehr müde nach Hause fuhr, fiel mir besonders auf, wie unvollständig Garzweiler war. Man konnte sich vorstellen, dass es gar nicht vernichtet wurde, sondern erst aufgebaut werden sollte. Darum so viel freier Raum, so viele leere Grundstücke an den Straßen. Da war die Hoffnung, noch einmal zu beginnen. Während ich immer langsamer fuhr, drehte sich die Zeit zurück. Die Straßen waren angelegt dafür, dass nun ein Gebäude nach dem anderen entstehen konnte. Langsam belebte sich alles vor meinen Augen. Türen öffneten sich zu Geschäften und Werkstätten, zur Kneipe am Eck und es gab Vieh und Hunde auf der Straße und Pferdekarren und Trecker und Autos … und natürlich auch die hohen Pfosten mit den elektrischen Lampen an den Straßen. Aber die waren nun wirklich da und sie funktionierten noch. Bis auch unser Hof verschwand, würde ihr Licht Nacht um Nacht gleichmäßig leuchten.

Ich war unwillig über meine Phantastereien und dachte, es wird Zeit, dass wir hier endlich weggehen.

Doch dann entdeckte ich Kinder auf der Straße. Das hatte es schon lange nicht mehr gegeben. Ich stieg aus und ging näher heran und sah, dass in dem kleinen Block von vier seit langem leerstehenden Häusern Familien eingezogen waren. Drei Kinder sah ich und es war tatsächlich so, als ob meine Vorstellung von der Rückkehr des Lebens in dieses Dorf, anfing sich zu erfüllen. Die Landesregierung hatte Asylanten hier einquartiert, weil die Containersiedlung am Rande des Abbaugebietes überfüllt war. Ich sprach mit den Eltern der Kinder. Der Mann nannte sich Ugo und kam aus Pakistan. Er war groß und kräftig und hatte begonnen, die kleinen Gärten vor den Häusern umzugraben. Ich sah, er hatte sich Ableger von einigen Pflanzen besorgt. Wir verständigten uns auf Englisch, so weit er und ich das konnten, und mit Blicken und Gesten. Zwei der anderen Familien kamen aus Uganda, zwei aus Russland. Auch sie konnten sich untereinander nicht alle sprachlich verständigen. Ein junger Mann, der ein kleines Kind bei sich hatte, blieb stumm bei uns stehen. Nur das Kind sprach leise für sich mit Lauten, die wie die eines Vogels klangen, einer klingenden Sprache, die von weither kam. Hinter einem der Fenster im ersten Stock sah ich eine Frau, mit einem weißen Tuch über den Haaren. Sie hielt ein Baby im Arm. Es war sehr klein und still. Vielleicht war es erst vor kurzem geboren worden. Die Frau sah zum Fenster hinaus auf unser Dorf, auf die leeren Straßen und nahm mich gar nicht wahr. Wer weiß, welche Landschaften sie gerade sah.

In einer der schönen sternklaren Nächte im September 1990 hatte Simon einen Herzanfall, und ich fuhr ihn ins Krankenhaus. Es schloss sich sofort um ihn wie eine Festung, mit eigenen Regeln und Gesetzen. Ich bat die Stationsschwester, telefonieren zu dürfen und versuchte Kerstin zu erreichen. Wir hatten nie mehr miteinander gesprochen. Doch hatte ich ihre Telefonnummer in Bonn, wo sie wieder bei ihren Eltern wohnte. Aber es ging niemand ans Telefon. Dann rief ich Doktor Magoni an. Er war unser alter Arzt, den wir schon als Kinder hatten. Offiziell praktizierte er nicht mehr, ging nur noch zu ein paar Familien, wo er Jahrzehnte Hausarzt gewesen war.

Wir saßen bis zum Morgen an Simons Bett. Dann ging er und ich blieb allein mit Simon, der ruhig schlief. Gegen Mittag hieß es, die Gefahr sei gebannt. Magda kam und löste mich ab. Ich erreichte Kerstins Mutter und sie sagte mir, Kerstin sei mit Pitt verreist. Ich sprach mit den Ärzten, ich war dankbar. Die akute Gefahr war vorbei. Simon war unruhig und wollte nach Hause. Doch man musste ihn gründlich untersuchen. Er zählte auf, welche Ärzte und Stationen sich dafür um ihn kümmern würden. »Bist du damit einverstanden, sie wollen mein Herz einstellen, wie eine Maschine werde ich eingestellt, damit ich funktioniere«, sagte er lächelnd.

An den nächsten Abenden verließ ich ihn fast immer mit den gleichen Worten: »Ruf mich an, wenn du irgendetwas brauchst. Ich schlaf unten auf dem Sofa, so habe ich das Telefon neben mir. Du kannst mich immer anrufen.« Ich hatte Angst um ihn. Nie zuvor war er im Krankenhaus gewesen.

»Nicht wieder so hektisch, Lale. Wir haben Zeit«, antwortete er.« Und ich stand in der Tür und winkte ihm zu. Es war gut, wir hatten noch Zeit.

An einem der Tage, als Simon im Krankenhaus war, kam Kerstin überraschend zu uns in den Hof. Sie hatte Eile, wollte nur besprechen, was sie an Möbeln mitnehmen könnte, da sie vorhatte nach München zu ziehen und sich dort einrichten wollte. Mir war es recht, die Auflösung sollte auch endlich sichtbar werden dadurch, dass nicht mehr alles vorhanden war wie gewohnt. Das Haus musste leer werden, damit man es aufgeben konnte. Kerstin ging von einem Raum in den anderen wie durch ein Kaufhaus und notierte, was ihr gefiel und was ihr nützlich sein konnte. »Simon wird mit allem einverstanden sein«, sagte ich.

»Hier muss doch sowieso alles weg«, sagte sie, »und nach Borschemich kannst du nicht viel mitnehmen. Geht ihr wirklich dahin?«

»Wir wollen in der Nähe bleiben. Sehen, was weiter geschieht.«

»Ihr hättet nach Köln ziehen können, das wäre praktisch für dich gewesen. Borschemich ist doch ein Dorf.«

»Wie Garzweiler«, antwortete ich.

Und sie plötzlich hart, als ginge es darum, Recht zu haben: »Garzweiler, das ist doch schon erledigt.«

»Darum eben Borschemich«, sagte ich.

»Vielleicht geht auch das hops?«, fragte sie und lächelte gewinnend, während wir durch den Essraum gingen, in dem der lange Tisch stand. Der war zu groß für ihre neue Wohnung in München. Die Anrichte und die zwölf Stühle waren zu alt. In der Küche sah sie sich die holländischen Kacheln an der Wand an, diese blau gemalte Welt der spielenden Kinder, Fischer und Jäger. Doch waren sie untrennbar verbunden mit der Wand. Nachdenklich betrachtete sie die Möbel, die lange vor unserer Zeit gemacht worden waren. Diese hölzernen Truhen, Schränke und Betten, dunkler glänzend mit den Jahren. Selbst das Geringere erweckte plötzlich noch ihr Interesse, die geschliffenen Glasfenster in den Türen, gelbstichige Fotografien in ovalen Rahmen, Geweihe aus der Zeit meines Großvaters, der Jäger war. Auf dem Dachboden fanden wir Bilder von Pferden, auch Geschirr und Sattelzeug noch aus den Jahren, als wir Pferde gehabt hatten. Das Haus lebte mit all dem, was gewesen war. Auch gab es in den Stallungen und in der Remise Platz genug, sodass selbst das Ausgemusterte noch vorhanden war. Kerstin begutachtete auch dort alles, entschied sich dann aber für wenige Dinge. Die Liste, die sie mir am Ende gab, war nicht lang. Simon hatte finanziell für sie gesorgt, sie würde sich neues Mobiliar anschaffen.

»Die Welt geht weiter«, sagte sie, und ich lachte mit ihr, als sie das sagte, weil ich es komisch fand, dies Immer-Weitergehen als Programm. Aber ich gab zu, dass sie recht hatte. Trotzdem verstanden wir uns nicht, obwohl wir doch einige Jahre hier zusammen gewohnt hatten. Wir wussten uns nichts zu sagen, waren wie zwei Menschen, die zufällig auf einer langen Bahnfahrt sich einander gegenüber saßen, sich stundenlang ansehen konnten und doch nur ab und zu den Mitreisenden wahrnahmen. Vielleicht las der eine, und der andere sah plötzlich an seinem Gesicht den Widerschein von Emotionen, die ihm selber vertraut waren. Oder einer mit kleinen Kontakten in den Ohren hörte Musik, unhörbar für andere, wobei sein Gesicht fremde Züge annahm. Mehr als solch kleine flüchtige Zufälligkeiten erkannten wir beide nicht voneinander, auch wenn wir miteinander sprachen. Ich bedauerte es und auch wieder nicht, auf jeden Fall bemühte ich mich nicht um sie. Ich fragte nur nach

Pitt. »Es geht ihm gut«, sagte sie, »ich bin froh, dass er jetzt in einer Großstadt aufwachsen wird.«

Als sie schon in ihrem Wagen saß und den Motor anließ, fragte sie, ob es was Ernstes sei mit Simon. Ich sagte »nein« und war selber davon überzeugt. Ich hätte »ja« sagen sollen, dann wäre sie vielleicht zu ihm ins Krankenhaus gegangen, so aber fuhr sie fort, ohne ihn zu sehen.

Eines Nachts hörte ich einen Wagen kommen. Das Geräusch war hier ungewohnt. Es kam näher, aber es entfernte sich nicht, erstarb vor unserem Haus. Es war ein Taxi, das Simon genommen hatte. Er war aus dem Krankenhaus geflüchtet. »Und ich werde auch nicht wieder hingehen. Die Ärzte waren vorzüglich und wahrscheinlich wäre es nicht gut ausgegangen, wenn es sie nicht gäbe. Aber es ist genug. Ich muss hier sein in meinem Hof.« Er sagte nicht, bei euch oder bei dir, er sagte: »In meinem Hof.«

Das kannte ich. Als Kerstin noch hier war, hatten wir uns gegenseitig gefragt, was wir tun würden, wenn wir wüssten, dass wir nur noch 24 Stunden zu leben hätten. Wie wir die Zeit verbringen würden, die ultimativ letzte. Simon hatte ohne lange zu überlegen gesagt, er würde für den Hof sorgen, das tun, was noch getan werden musste an dem Tag. Das war das Erste gewesen, was ihm einfiel. Kerstin war beleidigt, dass er nicht an sie gedacht hatte, und auch ich fand mich zurückgesetzt. Er glich es aus, sagte, natürlich würde er dann am Abend an dem langen Tisch – wo wir uns so oft versammelt hatten mit den Eltern und Großeltern und den Verwandten – ja, an diesem Tisch würde er ein großes Essen veranstalten für uns und für alle Freunde, die noch erreichbar wären. Ein Festmahl, bei dem viel gegessen und getrunken würde und viel geredet und gelacht. Kerstin und ich waren noch immer nicht zufrieden mit dieser Antwort gewesen. Magda sagte, das wäre schön, sie könnte dann kochen. Nein, das wollte Simon nicht. Wir würden uns das Essen kommen lassen. Nur kein Zeitverlust mehr, wenn man doch nur noch paar Stunden zu leben hatte. Und sonst? »Mich auf das Land legen, in einen Baum hineinsehen und in den Himmel, mich eingewöhnen, dort zu sein«, hatte er gesagt.

Doch nun war er wieder hier und würde bleiben. Ich lachte und weinte.

»Komm, geh ins Bett, du brauchst nicht mehr auf das Telefon zu achten. Ich bin jetzt wieder hier.« Damit nahm Simon mich in den Arm und ging mit mir die Treppe hoch, brachte mich in mein Schlafzimmer und legte mich ins Bett, so als wäre ich die Kranke.

Er war auf eigene Verantwortung aus dem Krankenhaus gegangen und ging nicht wieder zurück, ließ auch keine Untersuchungen mehr machen. Die verschriebenen Medikamente kaufte er. Doch sah ich später, dass er die Packungen nicht mal geöffnet hatte. Es begann eine ruhige Zeit. Das Land verfiel in Schlaf und Erwartung. Simon sorgte sich um den Hof. Die Kartoffelernte war verkauft und wurde abgerechnet. Es war unwiderruflich, wir würden den Hof im kommenden Jahr räumen müssen.

Simon hatte alles Notwendige mit dem Rechtsanwalt geregelt. Für sich selber machte er keine Pläne. Er hatte gesagt, er würde sich später umsehen. Das war sehr vage gewesen, doch scheute ich mich davor, ihn zu drängen und wartete ab. Alles würde anders sein, sobald der Aschoffsche Hof hinter uns in Flammen aufging. Das war mein geheimer Wunsch. Sobald wir den Hof hinter uns ließen, den Schlüssel abgaben, wollte ich zurückkehren und Feuer legen. Der Hof sollte zum Himmel hochlodern. Nachts sollte er brennen, ein weithin sichtbares Fanal, ein Zeichen der Wut, des Protestes. Verglühen würde er dann, und die Rauchfahne würde über dem Land stehen und verwehen. Das wäre ein würdiges Ende. Nichts sollte innen auszuschlachten sein. Es würde eine Feuerbestattung sein. Aber bis dahin war noch Zeit, und der Umzug musste vorbereitet werden. Ich hatte seit längerem ein Haus in Borschemich gemietet, um vorzusorgen für den Tag, an dem wir endgültig Garzweiler verlassen mussten. Doch wollte ich, dass Simon an der Planung teilnahm und so bat ich ihn, mit mir nach Borschemich zu fahren. Darüber verging einige Zeit, es eilte Simon nicht. Doch endlich fuhren wir früh an einem Sonntagmorgen dorthin. Wir sahen das Haus an, und es gefiel ihm. Es war nicht aufwendig, aber gut in den Proportionen, einstöckig wie die meisten in dieser Straße. Simon ging im Haus herum, schlug sogar vor, welche Farben wir den Wänden in den Zimmern geben sollten. Er war heiter und nun war ich gewiss, dass dies unser Refugium werden würde, nicht fern von unserer Heimat. Die Landschaft war uns vertraut, der Ort in manchem ähnlich dem unserem. Auch hier gab es die vielen schmalen Gänge und Pfade, die sich an Mauern und Gärten vorbeischlängelten und zwischen den Straßen geheimnisvolle Querverbindungen herstellten. Ein reiches Koordinatensystem, Verstecke in einem Ort, der in einer Landschaft lag, die so eindeutig übersichtlich gegliedert war mit ihren Feldern, Alleen und weiten Ausblicken. Wir wollten an diesem Morgen nicht daran denken, dass wir auch hier in Borschemich eines Tages vom Tagebau bedroht sein könnten. Zudem standen die Chancen in dieser

Zeit nicht schlecht, gegen die Krake zu gewinnen. Hatte doch der Ministerpräsident gerade wieder erklärt, wenn das Naturschutzgebiet Schwalm-Nette wegen des Grundwasserverlustes gefährdet sein würde – und das war es ohne Zweifel –, könnte es keine Genehmigung für die Ausweitung der Grube geben.

Wir gingen zur Kirche St. Martinus, ein neugotischer Backsteinbau aus dem frühen 20. Jahrhundert, der lag inmitten eines kleinen Parks mit hohen Bäumen, Buschwerk, drei Grotten, fünf Fußfällen und der lebensgroßen Figur des Heiligen Martinus, dargestellt als Bischof. Er trug das Modell von St. Martinus in der rechten Hand und eine Gans stand ihm zu Füßen. Die Kirche wurde erbaut, als die schon seit siebenhundert Jahren bestehende zu klein für die Gemeinde geworden war. Wir begrüßten den Pfarrer und ich sagte, dass wir bald hier wohnen würden, sobald wir unseren Hof in Garzweiler verlassen müssten. Ich sprach jetzt oft davon, als könnte ich mich so endlich daran gewöhnen, wenn ich es ganz selbstverständlich als Tatsache erwähnte. Doch es wunderte sich niemand, als ich das sagte. Hier kannten alle diese Geschichten, wussten um die Dörfer, die nicht zu verteidigen waren. Die Kirche war gut besucht. Der Pastor sprach eindringlich. Ich sah die beiden Bilder am Hauptaltar. Der römische Krieger Martinus auf einem Pferd, der mit seinem Schwert gerade den Mantel teilt für einen armen Mann, der demütig seinen Hut zieht. Ein Bild, das die Szene gut darstellt, ohne sie zu überhöhen. Im zweiten Bild liegt Martinus im Schlaf, und Jesus erscheint ihm und weist ihm den halben Mantel, den er mit beiden Händen vor sich herträgt. So wurde dem Krieger ein Zeichen gegeben, und er wurde Christ und Bischof. Oft wird er mit einer Gans abgebildet. Sie verriet ihn durch ihr Schnattern, als er sich in ihrem Stall versteckte, weil er die Bürde des Bischofsamtes nicht annehmen wollte. Von Kind an liebte ich Heiligengeschichten. Vor allem, wenn sie so dargestellt wurden wie hier Jesus, der von einer Wolke umgeben war, die ihn von den Füßen bis zum Scheitel seitlich umfasste und ihn so nur halb irdisch zeigte. Doch blieb mir stets unbegreiflich, warum er als Gekreuzigter in all unseren Kirchen dominiert. Mich beschäftigte die Frage, ob wir nicht unempfindlich dem Leiden anderer gegenüber werden, wenn unser Heiland so grauenhaft gemartert uns erscheint. Denn wenn unser Gott so litt, warum sollten wir dann diejenigen nicht mindestens so leiden lassen, die wir uns als Feinde hielten? Oder zeigte uns Gott im Martertod, dass wir das Göttliche nur im Schmerz erfassen können? Doch was ist dann mit dem Jubelschrei, mit dem wir ins Leben stürzen wollen, dieser rasenden Freude anwesend zu sein? Ich sah Simon an, der neben mir in der Bank saß. Er sang laut mit der Gemeinde ohne ins Gesangbuch zu sehen. Er kannte viele der Lieder auswendig. Von unserer Familie war er der einzige gewesen, der sonntags oft in die Kirche ging.

Nach der Messe sahen wir, wie viele Menschen aus den Bänken sich lösten und zur Kommunion gingen. In stummer Reihe zogen sie an dem Pfarrer vorbei, der symbolisch den Kelch hob und jedem eine Oblate reichte. Mit verschlossenen Gesichtern kamen sie zurück, noch immer in der Reihe bleibend, jeder betont für sich, als müssten sie in sich selber etwas bewahren, das leicht verschüttet werden könnte. Manche hielten die Hände gefaltet, ernst und gemessen schritten sie, bewusst der Teilhabe an einem Mysterium, das so rasch vollzogen nicht leicht zu begreifen war. Die Zuschauer blickten auf sie, die gerade noch vom Göttlichen gekostet hatten und nun den Weg zurück in die Bankreihe bewältigen mussten. Simon und ich gingen nicht zur Kommunion.

Wenn du mich suchst, du findest mich nicht mehr – darüber hatte der Pfarrer gepredigt. Eine Hiob-Rede. Darin Auflehnung und Verzweifelung, Endstimmung, Vorstufe zum Wunder. Der große Bogen bis zur Aussöhnung. »Ich müsste Pitt die Geschichte von Hiob erzählen, der Geschlagene, der von Gott miserabel Behandelte, der sich empörte. Das ist mein Mann«, sagte Simon, »ich bin sicher, das kann sogar ein Kind verstehen, diesen Schmerz, diese Empörung. Natürlich ist Pitt jetzt noch zu klein, aber in einigen Jahren …« Er zögerte und meinte, heute könnte man die Geschichte anders berichten. Forderte Gott Hiob heraus, indem er alles zerstörte und ihm nahm, was ihm gehörte, nur um ihn in Versuchung zu führen, um zu sehen, ob er dann immer noch gottesfürchtig leben würde, so würden nun die Menschen Gott herausfordern, alles zerstören, was von ihm kam, vielleicht in der irren Hoffnung, dass Gott sich zornig zu erkennen geben würde. »Wir provozieren ihn, damit er sich wehrt, so wie Hiob sich fluchend wehrte«, sagte Simon. »Ich nehme an, wir wollen von Gott verflucht werden, damit er sich endlich unserem kleinen Verstand und dem schwachen Licht unserer Augen zeigt. Ich fürchte nur, wir werden ihn auch so nicht zu Gesicht bekommen, weil wir keine klaren Augen haben.«

Wir verließen die Kirche und standen draußen noch mit dem Pfarrer und unterhielten uns über Hiob, über Borschemich und das schöne Wetter. Eine ältere, sorgfältig geschminkte Frau kam dazu und der Pfarrer machte uns bekannt miteinander. Sie schien begeistert zu sein, uns kennenzulernen. Wir also hätten das Haus so langfristig gemietet, das sie doch unbedingt haben wollte. Es hätte schon auf ihrer Liste gestanden. Nur, wir wären schneller gewesen. »Ja, es gefällt uns«, sagte ich.

»Wir haben schon einige andere gekauft«, rief die Frau und fügte hinzu, sie würde uns gern ein lukratives Angebot machen, sie sei die Betreuerin. Langsam verstanden wir. Sie war von Rheinbraun angestellt und begann schon jetzt die Umsiedlung vorzubereiten, die nach dem Plan erst in zwanzig, fünfundzwanzig Jahren abgeschlossen sein würde.

»Die Krake«, sagte ich, einen Augenblick irritiert. »Was meinen Sie?«, rief die Frau. »Nichts, nichts«, sagte ich. »Sind Sie sicher, dass es sich auszahlt, wenn Sie hier jetzt schon kaufen?«

»Oh, wir kaufen schon seit längerem«, sagte die Frau, und ihr nettes Hütchen nickte, als wäre es mit einer Feder auf dem Kopf befestigt. Fasziniert starrte ich es an. »Wir sind nicht auf Ihrer Seite«, sagte ich, um kein Missverständnis aufkommen zu lassen.

»Aber ich bitte Sie«, rief die Frau wieder nicht ohne Freundlichkeit, und begann mit all den Worten, die wir immer zu hören bekamen, die Vorzüge und vor allem die Notwendigkeit der Braukohlegewinnung gerade in unserem Gebiet darzulegen. Das wäre zu ertragen gewesen. Aber es war die Sicherheit, mit der sie davon ausging, dass auch hier alles eines Tages auf dem Altar des Elektrizitätsbedarfs geopfert würde, die mich zurückweichen ließ. Warum waren sie, die alles zerstören, so ohne Zweifel, so eindimensional sicher? Während wir noch überlegten, behaupteten sie einfach etwas und setzten es auch durch, ohne Bedenken. Da war überhaupt nicht die Rede von Tradition, von Ehre, Würde, Verpflichtung den Toten gegenüber – oder was sonst noch bei uns immer wieder im Gespräch war, uns nachdenken ließ, auch verunsicherte und nachgiebig machte. Sie fragten nicht danach, sie waren unnachgiebig, überzeugt vom Gang der Dinge, die von übergeordneter Stelle festgelegt wurden. Sie waren so verdammt sicher und präzis wie ein gut funktionierendes Rädchen im Räderwerk, das unbeirrbar sich dreht. Für den Bruchteil einer Sekunde sah ich alles vor mir und wusste, es war unwiderruflich. Nichts und niemand konnte die Schaufelradbagger aufhalten, die Ausnutzung unserer Welt, die Wiederkehr des Alptraums unserer Jahre. Unser ganzes Leben hatte unter dieser Drohung gestanden und sie verfolgte uns hier wieder und würde uns das zweite Mal aus einem Ort vertreiben, den wir gewählt hatten. Unwiderruflich war, dass sich hier seit Jahrzehnten alles wiederholte und wir gar keinen Einfluss darauf hatten, was geschah. Es war ein abgekartetes Spiel. Über uns wurde verfügt wie über Leibeigene, nur dass wir bezahlt wurden. Dadurch dass wir die Bezahlung annahmen, bestätigen wir, dass wir einverstanden waren.

Begütigend sagte die Frau: »Ich bitte Sie, wir wollen doch alle Strom aus der Steckdose. Dafür muss es sein.«

Ich konnte mich nicht mehr beherrschen. Ich rief, sie solle endlich aufhören mit diesen Lügen, diesen Zumutungen. Die Frau hob beide Hände, wollte mich beruhigen. Aber ich hielt es nicht mehr aus und ging eilig weg. Simon kam hinter mir her und wir gingen gemeinsam den Prozessionsweg um die Kirche herum, ohne etwas zu sagen. Wozu auch, wir hatten verstanden. *Es muss sein*, das war die Formel, auf die man sich geeinigt hatte. Alternativlos sagt man heute – zwanzig Jahre später – und meint immer wieder dasselbe, die Beruhigungspille für uns, die Darsteller der Ohnmacht. Wie wäre es sonst zu verantworten?

Wie würden wir es sonst lämmerfromm ertragen? Dabei wussten wir doch, es musste überhaupt nicht sein. Nun heulte ich auch noch, und Simon gab mir sein Taschentuch. Er bewunderte, wie die Parkanlage aufgebaut und gepflegt war und wies mich darauf hin. Sichtbar war hier die Zeit durch das Alter der Bäume und durch die Steindenkmäler und Figuren, die aus verschiedenen Epochen kamen und so für unterschiedliches Gedenken standen. Die erste Grotte auf unserem Weg war dem Wunder von Lourdes gewidmet. Maria stand hoch oben in einer Nische, entfernt von uns wie eine Erscheinung, die des Segens mächtig war. Auf der anderen Seite des Altars, der in der Mitte eingefügt worden war, kniete betend Bernadette. Auch ich verehre Maria. Ein Wunder, dachte ich, ein Wunder müsste geschehen. Vielleicht geschah es irgendwo in diesem Augenblick. Doch hier mussten wir noch darauf warten. Es lag mir schwer auf der Seele, dass auch Borschemich gefährdet war. Dass auch hier die Bagger eines Tages am Horizont auftauchen würden. »Wir entkommen der Krake nicht«, sagte ich. Auch Simon wusste es. Wir konnten uns keine Illusionen machen, selbst wenn das Spiel der Mandatsträger mit den Genehmigungen noch jahrelang weitergehen würde. Der Konzern nistete sich schon überall fest ein. Wir gingen langsam wie sehr alte Leute an der Kreuzigungsgrotte vorbei und an den fünf Fußfällen. Ich wäre gerne vor jedem in die Knie gesunken, nur hätte ich nie wieder aufstehen wollen. Ich war so müde, als wäre ich am Ende eines langen Weges angekommen.

»Ich gebe das Haus hier wieder auf«, sagte ich, als wir zu dritten Grotte kamen. Sie war den Gefallenen der Kriege gewidmet. Die Tropfsteine sahen aus, als seien sie durch Feuer und Eiseskälte gegangen, verletzt und widerständig. Sie passten gut zu der Aufgabe, die das Denkmal hier hatte. Es erinnerte an die Gefallenen des Krieges 1870/71, an die Gefallenen vom Krieg 1914/18 und an die Gefallenen und Vermissten vom Krieg 1939-45. Immer wieder gab es den Namen einer Familie. Im Krieg 70/71 hatte sie einen Mann verloren, im nächsten Krieg wieder einen, im Zweiten Weltkrieg dann zwei, in fünfundsiebzig Jahren vier Männer. Vielleicht hatten sie alle auf einem Hof gelebt, immer wieder die Knaben, die Jungen, die größer wurden, die Männer, die eingezogen wurden, die in Uniformen zurückkamen, die tot zurückgebracht wurden. Oder von denen nichts zurückkam, nur eine Nachricht an einem Morgen. Abgegeben ein Brief, der geöffnet wurde. Wieder das Weinen, die schwarzen Kleider, die schwarze Armbinde für die Männer, das Beileid der Offiziellen, die Annonce in der Zeitung, das Jahresgedenken, wiederholt viele Jahre, das langsame Vergessen oder nie.

»Gott schützt niemanden«, sagte ich. Simon blickte noch immer auf die Namen der Gefallenen und antwortete schließlich: »Ja. Ich denke, das ist so. Gott handelt nicht. Wir müssen handeln. Er lässt geschehen.«

Wir wandten uns vom Kriegerdenkmal ab, gingen auf den Vorplatz der Kirche, sahen das helle Licht in den Bäumen. »Du solltest trotzdem bei deinem Entschluss bleiben«, sagte Simon. »Das Haus ist ein gutes Haus, man kann das spüren.« Ich gab gleich nach, weil ich es im Grunde auch wollte. Wir würden hier im Ort dabei sein, wenn dies Land tatsächlich zur Vernichtung freigegeben wurde, und wir würden dabei sein, falls dies nicht geschah. Falls wider aller Erwartung die Hoffnung zu Recht bestanden hatte, wenn sich durchsetzte die Vorstellung, dass es Unrecht war, was hier geschah, falls ein Wunder geschah. Falls ein gerechter Richter, oh König Salomon, falls ein weiser Richter Recht sprechen und dem Wahnsinn ein Ende bereiten würde, diesem Krebsgeschwür, das sich hier ausbreitete. Dann wollten auch wir hier sein, wenn dies geschah, wenn die Angst einem befreiendem Lächeln weichen würde, wenn dieser Krieg gegen uns zu Ende ging.

Zu dieser Zeit lief ein Film, über das Schicksal eines Dorfes, das wie unseres verlassen werden musste. Ich überredete Simon, mit mir nach Erkelenz zu fahren, um diesen Film zu sehen. Das Dorf im Film existierte in einer der ärmsten Gegenden Chinas. Es musste verlassen werden, weil eine Talsperre gebaut wurde. Der Film schilderte den Auszug der Menschen aus dem Dorf, bevor es überflutet wurde. Die letzten Bewohner schmückten noch einmal ihr Haus, bevor sie es verließen. Die letzten gingen erst, als schon das Wasser langsam anstieg und sie sich nur noch mit einem kleinen Boot von ihrem Dorf lösen konnten, das hinter ihnen versank. Doch trotz aller Trauer waren sie gelassen. Ihr Opfer war notwendig, sie akzeptierten es, weil das ganze Umland von nun an durch die Wasserkraft endlich Licht, Wärme, Energie bekommen würde. Am Ende sahen wir das offene Boot mit wenigen Menschen noch auf dem dunstigen Wasser in einem schwebenden Zustand in der Spiegelung des Himmels. Das war ein Märchen, meinte Simon, als wir aus dem Kino kamen. Wir beide wussten, unsere Zeit war anders. Wirkliche Not war kein Maßstab mehr. Notwendigkeit wurde interpretiert je nach Marktlage. Unsere Sinnlosigkeit drückte sich in der Überproduktion von allem aus und Zerstörung brachte Gewinn. In dieser Zeit eiferte man danach, dass alles schneller und gewinnträchtiger sein musste. Jenseits aller Zeiten waren wir nur, als wir zurück in unser Land fuhren, in unser Dorf, das keines mehr war. Als wir unseren Hof allein auf der Ebene liegen sahen, sagte Simon, »die letzte Bastion, kampflos aufgegeben«. Er war ernst dabei. Seine Melancholie bedrückte mich, ich konnte nichts dagegen setzen, im Gegenteil, sie zog mich in ihren Bann. Wenn wir nicht zynisch werden konnten, so war dies der einzig mögliche Ausstieg aus der gefälligen Zeit.

Magda bekam jetzt oft Post von ihrem Vetter aus Juchow. Seit dem Mauerfall hatte sich auch dort viel verändert. Er schrieb, die Felder würden nicht mehr bewirtschaftet, es lohne sich nicht mehr. Doch es wäre gut, wenn sie zurückkäme. Sie wäre willkommen. »Du wirst alles sehr verändert finden, aber verändert sind wir ja auch selber«, schrieb der Vetter. Vielleicht könnte er auch kommen und sie holen, sodass sie nicht allein die Fahrt machen müsste. Auch würde er gern sehen, wo sie die vielen Jahre gelebt hätte.

Sie las die Briefe oft. Manchmal nahm sie nun schon das, was bei uns geschah, so in ihr Gedächtnis auf, wie sie es später in Juchow erzählen würde. Was gerade noch Gegenwart war, wurde schnell Vergangenheit, weil sie es sich für die Zukunft schon merkte. Sie hatte die Reise schon begonnen, obwohl sie noch bei uns war. Ich versprach sie zu besuchen und sie würde zu uns kommen, sobald wir uns neu eingerichtet hatten. Es war ungewiss, in welchen Häusern und Städten Simon später wohnen wollte. Es gab keinen Ort mehr, der fraglos richtig für uns sein würde, wie es unser Hof gewesen war. In dieser Zeit blieb es sowieso ein Glücksfall, wenn man ein Land, einen Ort, ein Haus fand, in dem man so zu Hause war, dass man sich nie fragte, warum man gerade da lebte und nicht woanders. Wohin wir auch ziehen würden, nach Borschemich und später vielleicht weiter – alles würde nur eine Übergangslösung sein. Wir würden wurzellos werden, Luftwurzeln bilden.

Mit Magda überlegten wir tagelang, was sie nach Polen mitnehmen sollte. Was ihr im neuen Leben hilfreich sein könnte oder was vielleicht nur Ballast war. Erinnerungsgut, das einem das Herz schwer macht und die Wohnung überfüllt. Man muss sich befreien von manchem, mit leichtem Gepäck gehen, sagte ich mir selber oft. Endlich entschloss Magda sich, alles mitzunehmen was in ihrem Zimmer stand, in dem sie 46 Jahre gelebt hatte. In Juchow würde sie alles wieder so aufbauen, nur der Ausblick aus den Fenstern würde dort anders sein. Natürlich auch die Geräusche im Haus und die von der Straße kommenden. Fremd auch die polnische Sprache, die sie noch lernen wollte. Doch vor allem würde sie dort endlich wieder beständigen Boden unter den Füßen haben.

Zu Beginn des Jahres 1991 kam Magdas Vetter, um sie abzuholen. Er blieb drei Tage bei uns. Sie erzählte ihm, wie Garzweiler ausgesehen hatte, ging mit ihm herum und erklärte ihm, wie viele Gaststätten, wie viele Bäckereien, kleine Geschäfte, Kneipen es gegeben hatte, Frisöre, Schuster, Schneiderinnen, und wo die Bank und die Post gewesen waren und wo die Freunde wohnten und wo die Kirche stand. Sie erklärte ihm alles, damit er verstand, wie sie hier gelebt hatte. Er sah auf das nackte Land, das noch frostig weiß überzogen war, und schwieg. Er hatte nie etwas gehört von Tagebaubetreibern und von Dörfern, die verschwanden. Er erzählte von der Gärtnerei, die er betrieb, und dass er daran dächte, einmal in der

Woche mit einem Wagen voller Gemüse nach Berlin zu fahren. Er suchte eine größere Möglichkeit des Vertriebes. Wir fuhren mit ihm nach Köln, zeigten ihm die Stadt, gingen in den Dom. Am besten gefiel ihm der Rhein. Das Überangebot in allen Läden verstörte ihn, auch die formlose Art, wie die Menschen miteinander umgingen. Er sah ruhig alles an und sprach nur über seine Beobachtungen, wenn wir ihn direkt fragten. Magda hatte ihn gern. Er war für sie ein Fremder und doch verwandt. Sie versuchte anzuknüpfen an die Zeit, als sie mit ihren Eltern und den Großeltern gelebt hatte, bevor sie zu uns kam.

Wir begleiteten Magda und den Vetter zum Flughafen. Simon ordnete alles für die beiden und blieb dann bei ihnen. Ich lief noch fort und kaufte Schokolade, Zeitungen, Zigaretten für den Vetter, vollkommen sinnlos, nur um tätig zu sein. Ich hatte Simon versprochen, mich zusammenzunehmen und nicht zu weinen, damit Magda der Abschied nicht so schwer fiel. Es war für mich, als ob meine Mutter und mein Vater mich noch einmal verließen. Der Moment, als Magda durch die Absperrung ging, hinter der alle Begleitpersonen zurückbleiben mussten, war der schwierigste. Jetzt entfernte sie sich tatsächlich Schritt für Schritt. Sie drehte sich noch einmal um und unsere Blicke trafen sich. Wir hatten Angst. Ich streckte meine Arme aus. Der Vetter rief, und sie wandte sich zu ihm. Ich sah ihnen nach, bis sie beide verschwunden waren. Sie kam nicht zurück.

In dieser Zeit kam von Hinner wieder ein Brief.

Liebe Schwester, lieber Bruder, gerade hörte ich einen jüdischen Witz und dachte an Euch. In einem Zug sitzen in einem Abteil einige Leute einander gegenüber. Sie alle haben eine lange Fahrt vor sich und kom-

men ins Gespräch. Nur ein alter Mann, der an einem der Fenster sitzt, ist ganz still und wirkt wie schlafend. Oder nein, eher bedrückt wie jemand, der beschlossen hat, alles über sich ergehen zu lassen, was vom Schicksal beschlossen wurde. Doch bei jeder Station wird er lebhaft und blickt aus dem Fenster. Sobald der Zug wieder anfährt, hebt er die Hände und stößt tiefe Klagelaute aus. Dann wird er wieder still wie zuvor. Das seltsame Gebahren steigert sich bei jedem Halt. Schließlich fragt ein Mitreisender den Alten, warum er immer wieder so elendig jammere. Der Alte sagt, das sei doch verständlich. Er sitze im falschen Zug und bei jeder Station entferne er sich immer weiter von dem Ort, zu dem er hinfahren wollte.

Ihr seht, ich denke an Euch und hoffe, Ihr seid nicht mehr da, wo ich Euch in Gedanken natürlich immer suchen werde. Euer Hinner

Der Hof von Max Jansen wurde abgerissen mitsamt den beiden Häusern, die an den Seiten des Hofes standen. Dann würde auch diese Straße häuserfrei sein. Wieder begann der Lärm des Abbruchs, wieder der dumpfe Ton der Abrissbirne, die mit ihrem schweren Gewicht wie eine Kanonenkugel aus der Frühzeit auf das Haus traf. Wieder fuhr der lange Arm des Abbruchbaggers nah an eine Wand heran, griff sich die obere Kante, verhakte sich und riss sie hinunter und wendete sich zur nächsten. Wieder fuhren die Lastwagen den Häuserschutt fort. Wieder der Mörtelstaub in der Luft, den der Wind verteilte. Es war alles, wie wir es kannten und wie es weitergehen würde. Nach diesem Dorf würde das nächste fallen und dann das nächste und wieder das nächste und das nächste … Gestoppt könnten diese Vernichtungsserien nur werden, wenn sie eines Tages kein einträgliches Geschäft mehr wären. Doch danach sah es für die nächsten Jahrzehnte nicht aus. Max kam jeden Tag, parkte mit dem Auto in der Nähe seines Hofes und sah zu wie Wand um Wand einstürzte. Für einige Stunden konnte er das geöffnete Herz des Hauses sehen, bevor alles zu Staub und Schutt wurde. Als er danach zu uns ins Haus kam, war sein Gesicht rot und seine Stimme rau. »Sie räumen alles ab, als wäre es nichts und kein Politiker steht dagegen auf. Ganz im Gegenteil, sie verkaufen uns für ihre kleinkarierten Karrieren auf Abruf, für ihr Zubrot geben sie unsere Höfe. Ich werde fortgehen, ich werde weit fortgehen, dieses großmäulige Scheißland bald verlassen«, sagte Max. »Hier ist man nur nett, wenn man etwas will vom anderen. Ängstlich verriegelt man jede Tür, aber möchte immer der Größte sein. Alles muss hier das Größte sein, das größte Erdloch, der größte Bagger aller Zeiten, der größte künstliche See, das größte Verbrechen … Immer der Größenwahn. Hier wird alles abgehandelt – wie sagtest du?«, fragte er Simon. »Gnadenlos«, sagte Simon. »Ja, gnadenlos, wenn man keine Lobby hat«, wiederholte Max, »da gibt es keine Lücke, um sich auszuruhen, es sei denn, man fällt aus dem System heraus.«

Ich hatte ihrem Gespräch zugehört und war erstaunt, Max so reden zu hören. War er nicht immer der opportunistische Realist gewesen? Und nun dies: »Wir sterben zu Recht aus. Wir gehen selber ein an unserer Feigheit und Maßlosigkeit, immer dies Sich-Aufblähen und dann Zusammenbrechen und zu Kreuze kriechen und heimlich wieder Luft holen und Auferstehen zu einer Größe, in der man wie ein Popanz auf Stelzen steht.« Max sackte zusammen und sagte nun erschöpft, fast ohne Atem: »Dabei wäre die natürliche Größe gut. Es gibt so viele anständige Leute, aber sie bleiben am Rande und lassen die Popanze machen.«

»Willkommen im Club, Max«, sagte ich und zitierte genüßlich einige Sätze von Tucholsky, die ich mir mal für die Schüler gemerkt hatte: »›Liebe Kinder, traut euch mehr Fröhlichkeit zu, dann werdet ihr auch fröhlicher sein, seid heiter, dann wird euch das Schwere leicht fallen, seid gesellig im kleinen Kreis, freut euch an euch selber ... lacht den Teutonen in eurer Brust aus, damit ihr endlich so aufgeräumte liebenswürdige Wesen werdet, wie es einzelne von euch schon sind und wir alle es sein könnten, uns und der Welt zur Freude.‹ – Kann doch sein, dass dies sich endlich mal etwas mehr durchsetzt, ich meine, als Grundströmung in unserem Land.«

»Da haben wir ja wieder die ganz großen Zuwachsmöglichkeiten«, sagte Max. »Wirst du bald fortfahren?«, fragte ich. »Nein, ich warte noch, bis ihr fortgeht und bis nichts mehr von Garzweiler übrig ist.«

Ich dachte daran, dass Tucholsky sich in der Emigration das Leben nahm. Aber ich sagte es nicht.

Seitdem Simon aus dem Krankenhaus zurückgekommen war, besuchte uns Doktor Magoni auffallend oft. Er schien nur zwei Anzüge zu besitzen. Einen dicken schwarzen für den Winter und einen leichten schwarzen für den Sommer, beide mit Weste. Nie trug er eine Krawatte und meistens weiße ungebügelte Hemden. Er lebte allein und hatte schon lange seine Praxis aufgegeben. Ich kannte ihn, seitdem ich sieben Jahre alt war. Damals hatte ich Scharlach und niemand durfte zu mir ins Zimmer kommen außer meiner Mutter. Eines Tages stand Magoni an meinem Bett und ich hielt ihn für den lieben Gott. Ich hatte gehört, dass Gott die Seelen der Menschen einsammelt, wenn sie schlafen, und sie beim Erwachen zurückgibt. Doch wenn ein Mensch stirbt, dann nimmt er die Seele für immer zu sich. Darum hielt ich ihn zuerst für denjenigen, der meine Seele zu sich nehmen würde. Doch Magoni war nicht Gott, das verstand ich bald.

Wenn Magoni auf Simon wartete, saß er bei schönem Wetter draußen auf dem Hofplatz in einem alten Korbstuhl und las. Kam Simon, blieb er oft lange mit Magoni zusammen. Eines Tages brachte Magoni ein Dominospiel mit, das er von seinem Vater geerbt hatte, der aus Ungarn stammte. Seitdem kam er abends, wenn es dunkel wurde, und blieb oft bis tief in die Nacht. Simon und er saßen am Ende des langen Tisches und spielten Domino nach den komplizierten Regeln, die Magoni Simon beibrachte. Sie waren so vertieft in das Spiel, dass sie mich kaum bemerkten, wenn ich neben ihnen stehen blieb und ihnen zuschaute. Sie waren, jeder für sich allein, vollkommen gefangen von den Überlegungen und Berechnungen darüber, was die aufgedeckten Steine offenbarten und was sie daraus folgern konnten. Das war das Wunderbare am Spiel, es schloss alle anderen zerstreuenden Gedanken aus. Wenn ich Magoni gefragt hätte, was er sich vorstellen könnte zu tun in seinen letzten 24 Stunden, ich nehme an, er hätte gesagt, am Ende des Tages dann Domino spielen.

Marmelstein kam damals seltener zu uns. Vielleicht weil Magoni so oft da war. Es gab eine Rivalität zwischen den beiden. Warum es so war, habe ich nie verstanden. Es konnte geschehen, dass Marmelstein kam, doch wenn er das Auto von Magoni vor unserem Haus sah, fuhr er sofort weiter. Oder er kam nur zu mir ins Haus, blieb ein wenig, sagte, Simon sei wohl schon wieder in Behandlung von Magoni und ging, bevor Simon überhaupt bemerkt hatte, dass er gekommen war. Weil er tatsächlich mit

Magoni zusammensaß, über die Geschichte unseres Landes oder über Menschen sprach, die sie gemeinsam gekannt hatten. Dabei ging es ihnen vor allem um das Besondere einer Person, von der sie sprachen. Die Einmaligkeit jeder Erscheinung erweckte immer wieder ihr Interesse. Magoni fragte auch stets nach der Wirkung von Medikamenten, die seiner Meinung nach bei jedem Menschen verschieden war, wie auch jede Krankheit bei jeder Person. Die Diagnose, die Simon im Krankenhaus bekommen hatte, die Schwäche seines Herzens, sah Magoni an als Teil von ihm. Es würde von Simon abhängen, wie sich die Krankheit entwickelte. Einmalig war für beide auch jedes Dominospiel. Obwohl Situationen sich wiederholten und es den Zufall gab, die Auswahl der ersten Steine, so folgte das Spiel doch der Aufmerksamkeit und der Intuition der Spieler. Manchmal kam abends auch Lehrer Weismann dazu. Solange es noch Leben in Garzweiler gab, hoffte er, es könnte in dem wenigen, was hier noch vorhanden war, der Keim stecken für Zukünftiges und so nicht alles verloren sein. Eine trügerische Hoffnung. Seine Schüler hatten ihn *Das Auge* genannt, weil nichts was sie taten ihm verborgen blieb. Seine Gegenwart erfreute uns, lenkte sie uns doch ab von dem Gleichmaß der abendlichen Stunden. Wenn es kein anderes Thema gab, sprach er entweder über Dostojewski oder über seinen kranken Sohn, der jetzt in Indien vielleicht geheilt würde. Alle Freunde hatten Geld zusammengelegt, damit die Mutter mit dem Sohn dorthin fliegen konnte, um Hilfe in einem Ashram zu finden. Wo er wochenlang in heiße Tücher gewickelt, mit Öl behandelt und mit Gerüchen erweckt würde, damit er sich kräftige, wie Weisheim sagte. Bei Dostojewski bewegte ihn in dieser Zeit die Frage, wie wirkungsvoll Worte sein können. Und ob wir frei sind von Schuld, wenn wir verführt werden. Da gab es den Knecht, Smerdjakoff, dem von Iwan Karamasow eingeredet wurde, dass es keinen Gott und so keine Moral gebe. Smerdjakoff glaubte ihm und mordete. Doch obwohl er nach dieser Lehre gehandelt hatte, fühlte er, dass er Unrecht tat und nahm sich das Leben als Sühne. Iwans Worte hatten ihn nicht auf Dauer gefühllos gemacht. Es gab das Gewissen, nicht anerzogen, sondern als Teil des Göttlichen in uns. Erst wenn man zweifelsfrei davon überzeugt ist, bis in die letzte Faser seines eigenen Körpers, dass es Gott nicht gibt, dann ist man frei zu morden und jede Schändlichkeit zu begehen, ohne irgendeine störende Empfindung. Dieser Umschlag vom Menschen zum Monster, das war genau der Scheitelpunkt der Entwicklung, die Dostojewski beschrieb und über die wir sprachen. Der Moment, in dem man frei ist zu morden, weil es einem erlaubt wurde, weil einem gesagt wurde, es gäbe keinen Gott, weder im Himmel noch in einem selber. Dass der Knecht dann einen Rückfall erlitt und so nicht leben wollte, das war eine Geschichte aus der damaligen Zeit. Die Frage, die den Lehrer bewegte, war eine erzieherische von heute. Wenn es möglich war, dass Worte die Kraft besaßen, den Knecht frei zu machen von den Bindungen der Moral, ob dann nicht auch andersherum mit Worten wieder die Verbindlichkeit hergestellt werden kann, sodass in Zukunft Mord wieder eine Todsünde wäre, auch im Bewusstsein des Mörders. Das hieße, den Worten würde wieder Macht gegeben. »Doch wann immer ich die Leute reden höre, die Einfluss haben, die einwirken könnten, so höre ich nur, dass sie keine Bedeutung mehr mit ihren Worten verbinden, alles ist beliebig austauschbar, nicht mehr geerdet«, sagte der Lehrer. »Doch wenn sie aufrichtig sprechen würden, könnte sich mit der Zeit wieder etwas ändern. Es wäre eine Sache der Ehre und des Anstandes, wahrhaftig zu leben, und Moral wäre für jeden selber notwendig. Dann würde nicht geschehen, was hier geschieht und überall auf der Welt.«

Ich war ungeduldig wie so oft, wenn Weismann sprach, und fand seinen Anspruch gut, aber sehr theoretisch. Wie könnte es gelingen, Worte wieder verbindlich zu machen? Wo waren da noch Vorbilder, wer könnte uns das lehren? Und doch müsste es sein, meinte Simon. »Gott ist in allem und so auch in jedem von uns, und deswegen sind wir verantwortlich für alles, an dem wir teilnehmen.« Ich begriff plötzlich seinen Zustand: voller Entsetzen, doch nicht ohne Hoffnung – und wusste, ich würde verzweifeln, wenn er eines Tages nicht mehr da wäre. Magoni sah mich prüfend an und sagte: »Du spielst zu wenig.« Wir aßen gut bei diesem Gespräch und tranken viel von dem französischen Rotwein aus der Bourgogne, der sanft tröstet. Irgendwann fuhr Magoni nach Hause. Irgendwann weinte der Lehrer, schluchzte und barg seinen Kopf in die Hände. Ich bezog für ihn das Bett im Fremdenzimmer und stellte Wasser auf den Nachttisch.

Zum Sommer kündigte ich in Köln, um die letzte Zeit mit Simon auf dem Hof sein zu können und mich um den Haushalt zu kümmern, da Magda nicht mehr da war. Jetzt waren wir nur noch zu dritt in dem großen Haus. Simon, Helmut und ich. Manchmal dachte ich daran, einige Zimmer abzuschließen, aber ließ sie dann doch alle offen, falls Pitt oder Gäste kommen würden. Zweimal war Simon schon nach München gefahren, um Pitt zu sehen. Das erste Mal kam er angespannt zurück. Es war schwierig mit Kerstin gewesen. Er hatte versucht, sie zu überreden, zurückzukommen. Doch sie hatte ihn die beiden Tage, die er bei ihr war, fast immer allein mit Pitt gelassen. Bevor er das zweite Mal fuhr, hatte er sich entschlossen, von Kerstin nichts mehr zu fordern. Das wurden gute Tage, an denen sie zu dritt zum Karussell im Englischen Garten gegangen waren und oft beieinander blieben. In diesem Sommer hatte Simon Pitt in den Ferien zu uns holen wollen. Aber Kerstin bat darum, ihn auf eine Wanderung in den Dolomiten mitnehmen zu können, die sie mit ihrem neuen Freund machen wollte. Das war vergnüglicher für Pitt, als hier auf den Hof zu kommen, und so willigte Simon ein. Vielleicht darum lud ich zu Beginn der Ferien, das zugleich das Ende meiner Zeit in der Schule war, die Schüler des letzten Jahrganges ein, die bei mir in einem Kurs gewesen waren. Vier Jungen und sechs Mädchen. Zwei Jahre hatte ich mit ihnen gearbeitet und wir kannten uns gut. Ich hatte ihnen von der Grube und dem Verlust des Landes erzählt. Es war das erste Mal, dass sie zu uns kamen und wurde zugleich für uns die letzte vergnügliche Zusammenkunft auf dem Hof, ein Abschiedsfest ohne Wehmut.

Der Tag war wolkenlos, die Erde roch nach Sommer und in unserem Garten waren an drei Bäumen schon die Kirschen reif. Ich hatte gefürchtet, Simon würde sich zurückziehen. Aber er ging den jungen Leute entgegen, um sie auf der Straße willkommen zu heißen. Es war wie früher, er begrüßte die Gäste, führte sie ins Haus und war gesprächig, wie ich ihn lange nicht erlebt hatte. Er bewunderte die jungen Mädchen, und er dachte vielleicht an Pitt, wenn er mit den Jungen sprach. Die Gäste fanden alles erstaunlich und ehrten ihn als Besitzer dieses Anwesens, das durch sein Alter schon Bedeutung hatte und jetzt durch die Lage etwas anrüchig Überlebtes.

Ich brauchte mich kaum zu kümmern um meine Gäste, deckte mit Helmut den langen Tisch und sorgte fürs Essen, während Simon den Hof zeigte, sogar die Ställe und die Scheune, deren Türen kaum noch geöffnet wurden. Dann ging er mit den jungen Leuten hinaus und erklärte ihnen, wo unser Dorf gestanden hatte. Eine Besichtigung, als ob wir Pompeji anschauten, meinte er später zu mir. Er hatte nicht von den Häusern gesprochen, die verschwunden waren, sondern von der Geschichte, die unter der Erde ruhte. Diese Stapelware Leben, wie er das nannte. Er hatte ihnen von Marmelstein erzählt und was sie sehen würden, wenn sie mit einer Sonde in den Boden eines dieser so unscheinbaren, mit Gras überwachsenen Grundstücke hineinbohren könnten. Daran eine Kamera verbunden mit einem Kabel zu einem Projektor, der dann auf die flache Grasfläche eines Grundstückes Bilder projizierte, die von der Kamera in der Erde aufgenommen wurden. Er erklärte ihnen das ganz ernsthaft. Eine technisch hochgerüstete Kamera, die fähig wäre, die Spuren des Lebens dort unten aufzunehmen. Die im Torf konservierten Mumien, die Abdrücke von Menschen und Tieren in den Lehmschichten, natürlich auch Gerätschaften, die man im Haus und auf dem Feld gebraucht hatte, Eisenbeschläge, Äxte und Beile, Rüstungen, Waffen und Schmuck. Natürlich auch Schmuck für die Mädchen. Und dann die Grundwasserflüsse, durch die die Sonde weiter in die Tiefe gehen würde, in die Sandschichten. Dort kamen uralte Muscheln und blindes Seegetier in den Blick der Kamera. Ganz tief unten, wenn die Kamera zum Kern der Erde kam, konnte man vielleicht die Spuren von Fabelwesen erkennen, die aus dem Feuer kamen – so nicht hier oben der Wind die Bilder unscharf machte. »Man muss sich die Wunder vorstellen, wofür ist man sonst geboren worden«, sagte er. Sie lachten über seine Erzählungen. Aber es war ihm ernst damit, noch einmal den Reichtum aufzurufen, den die Erde barg. Wir machten mit unseren Gästen auch einen Ausflug zur Grube. Damit sie sehen konnten wie die Bagger arbeiteten, die Frontlader und Absetzer, und wie in dem tiefen Tal die Braunkohle, das Objekt der Begierde, dunkel sichtbar wurde. »Entstanden vor 65 Millionen Jahren«, erklärte ich und überlegte, ob das den jungen Leuten etwas sagte, die sich gerade über die neuesten Computer unterhalten hatten, welche über Zeitspeicher verfügten, für die meine Vorstellungskraft nicht ausreichte.

Sie wollten wissen, ob nicht auch Kies und Sand ein gutes Nebengeschäft für die Tagebaubetreiber wäre und ob nicht auch Abfall hineingeschüttet werden könnte, wenn die Gruben wieder mit Abraum geschlossen würden. Zu all dem konnten wir nichts sagen. Wir hatten uns nur mit der Abwehr der Zerstörungen beschäftigt und den Möglichkeiten der verschiedenen Initiativen, die oft lokaler Art waren und nicht immer gut miteinander koordiniert. »Wenn ihr irgendetwas in eurem Leben bewegen wollt, dann müsst ihr Aufmerksamkeit üben, Freundschaften aufbauen und euch einmischen«, sagte Simon, als wir beim Essen waren und die Jungen über ihre Zukunft sprachen. Einer von ihnen sah zum Fenster hinaus und sagte, »euch hat das nichts genützt.« »Schon wahr«, sagte Simon, »nicht jeder erlebt, dass er gewinnt.«

Das Ende dieses Tages verbrachten wir draußen im Hofgelände. Ich erinnere, dass die Linden blühten und der starke Honiggeruch wie Parfüm in der Luft hing.

Als unsere jungen Gäste wieder fortgefahren waren und wir aufräumten, wussten wir, es war das letzte Mal, dass in diesem Hof gefeiert wurde. Noch einmal ein Anklang an frühere Zeiten, die schon versunken waren. Ab jetzt wurden die Tage hier ausgezählt. Noch einmal der Herbst und der Winter, und im Frühling würden wir gehen müssen. An unserem Torpfosten würde der gelbe Pfeil mit der Spitze nach unten zu sehen sein. Eine Markierung, wie im Wald Bäume zum Fällen bestimmt werden. Nicht aufzuhalten war, was auf uns zukam, und schwierig war es, dazu eine Haltung zu gewinnen. Darüber sprachen wir zu Beginn dieser Nacht, Simon, Helmut und ich. Ich dachte daran, dass nichts verloren geht von allem, was mal geschah, nicht das Beste und nicht das Scheußlichste, und dass es auch außerhalb der Erinnerung weiter existiert und wirkt. Ich wollte nichts, was geschah, als Zufall ansehen, sondern als Auftrag zum Erkennen. Helmut sagte, er hätte schon mit Joseph ausgemacht, dass er in der Werkstatt dort helfen könnte. So alt er auch war, es war ihm unmöglich nichts zu tun. Auch würde er dann in Otzenrath wohnen wollen. Simon sagte, er hätte jetzt Trauer und Wut kennengelernt wie nie zuvor, und das könnte nur ein Gewinn sein. Weit nach Mitternacht und schwer von Müdigkeit ließ Simon sich von uns ein Versprechen geben, das ich so unsinnig wie doch passend zur Situation des Hofes fand, und von dem ich überzeugt war, weder Helmut noch ich würden es je einlösen müssen.

»Wir hätten den jungen Leuten doch Kirschen mitgeben sollen«, rief Simon mir noch nach, als wir uns trennten.

Eines Tages erschrak ich, als Magoni kam, weil ich sein Kommen nicht gehört hatte. Ich erschrak, weil er plötzlich in der Küche stand, eine gebeugte uralte Gestalt. Doch beim zweiten Blick erkannte ich sofort, dass es mein vertrauter Doktor war, dessen schwarzer Anzug so verbraucht aussah, dass ich überlegte, wie es möglich wäre, ihm einen neuen schenken zu können, ohne ihn zu kränken. In der Nacht träumte ich von ihm. Er war mit mir in einer riesigen Höhle, die sich verengte zu einem großen, runden Raum, auf dessen Boden viele Kerzen brannten. Magoni ging umher und achtete darauf, dass jede bis zu ihrem Ende brannte. Er wehrte eilige Gestalten ab, die wie Windgeister nicht greifbar und doch vorhanden hin und her eilten und versuchten, auf schon weit heruntergebrannten Kerzen größere aufzupfropfen. Doch Magoni verwehrte es ihnen jedes Mal. Er stand mal neben der einen, mal neben der anderen Kerze, deren Licht nur noch schwach flackerte, beschützte sie mit den Händen, damit sie in Ruhe verlöschen konnte. Der große Kerzensaal kam mir bekannt vor. Aber nichts wusste ich vom Retten der niedergebrannten Kerzen, damit sie verlöschen durften. Als ich Magoni am nächsten Abend beim Dominospiel mit Simon sah, wollte ich ihn fragen, ob er auch mich in der Höhle nachts gesehen habe. Aber er sah mich so ruhig prüfend an, als ich zu den beiden trat, dass ich nicht von meinem Traum reden mochte.

Im September 1991 genehmigte die Landesregierung die Leitentscheidung zum Abbauvorhaben Garzweiler II. Das war ein Etappensieg für Rheinbraun. Wir hatten die Absicht gehabt, vor dem Landtag zu protestieren, bevor diese Entscheidung gefällt wurde. Doch stand das Ergebnis schon zuvor in der Zeitung, und so fuhren wir nicht hin. Danach höhnten einige

Politiker, man könnte daran sehen, dass die Bürger an dem Projekt überhaupt nicht interessiert wären. Es hätten sich ja nur wenige Menschen eingefunden zum Protest vor dem Landtag. Simon war entsetzt. Sollten wir die Protestdekoration sein, wenn sie Entscheidungen fällten, die längst zuvor publiziert wurden? Offensichtlich war sogar der Widerstand zeitlich und propagandistisch von Politik und Wirtschaft eingeplant. Dazu gehörte auch, dass Rheinbraun zuerst ein größeres Gebiet von 66 Quadratkilometern gefordert hatte, mit 18 Dörfern, um dann angeblich *dem Widerstand der Bevölkerung nachzugeben* und zu erklären, man bescheide sich mit 13 Dörfern und 48 Quadratkilometern. Doch behielt man sich ganz offiziell vor, später auch noch auf das jetzt verschonte Gebiet zugreifen zu können. So wurde getrickst. Das war offensichtlich und sollte auch so sein, weil es Stärke bewies und Verachtung gegenüber den Möglichkeiten derer, die man beraubte.

In Otzenrath gingen Tagebau-Arbeiter durch die Straßen mit Transparenten: *Ihr stehlt uns unsere Arbeit!* Es hatte keinen Sinn, ihnen zu beweisen, dass dies so nicht war und dass ihre Solidarität ausgenutzt wurde für die Politik vom RWE. Joseph war von einem der Arbeiter angegriffen worden, hatte sich aber zurückziehen können. »Es war Terror, wie sie uns einschüchterten«, erzählte er. »Für die Krake steht viel auf dem Spiel«, sagte Simon. Er blieb jetzt oft in Otzenrath bei Joseph und seiner Frau Ludmilla. Noch immer ging es um die Barriere, die sie aufbauen wollten. Doch es war der Kampf von einzelnen Reitern, kleinen Reiterscharen gegen eine voranrollende Panzerfront. Und deutlich wurde, wie verwundet die Pferde und die Reiter schon waren, wie schwer es wurde, sich immer wieder zu sammeln und den Angriff abzuwehren, immer in Verteidigung. Während die Panzer unter der Schirmherrschaft des Staates immer weiter voranrückten. Eines Tages brachte Simon eine Hand voll Erde mit, legte sie auf unseren Tisch und sagte: »Das war es. Solche Erde wird es hier nie wieder geben. Es brauchte Jahrtausende dafür. In ganz Mitteleuropa ist dieser Lößboden der fruchtbarste, aber er wird verkippt. Hier war einmal eine Kornkammer Roms.«

»Bei den Römern war die Erde heilig. So schützte man sie«, sagte ich. Doch Simon hatte sich schon abgewandt. Vielleicht fürchtete er niemals mehr dem Druck entkommen zu können, dieser dunklen Beengung seines Herzens, die er spürte. Vielleicht hatte er Schmerzen, ich weiß es nicht. Er wollte darüber nicht sprechen, wollte auch auf keinen Fall noch einmal ins Krankenhaus gehen. Möglicherweise müsste er länger bleiben, und unser Hof würde gerade dann zerstört werden, wenn er nicht zu Hause war.

Um diese Zeit bekam Simon einen langen Brief von einem seiner Schulkameraden, Rudolf Dederichs, der Jura studiert hatte, Landtagsabgeordneter und Staatssekretär geworden war. Simon hatte ihm geschrieben mit der Bitte, ob er hilfreich sein könnte, das Projekt Garzweiler II zu verhindern. Ich füge die Antwort hier ein, die jetzt schon mehr als zwanzig Jahre alt ist.

Lieber Simon,

es tut mir leid, dass ich Dir keine positive Antwort geben kann. Ich selber ziehe mich gerade aus dem politischen Geschäft zurück und wüsste auch niemanden von meinen Kollegen zu nennen, der Euch raten oder helfen könnte. Du sprichst von einer Mehrheit redlicher Politiker, die gegen RWE zu ge-

winnen sein müsste. Ich bezweifele das. Es gibt kaum einen Menschen, mit dem ich umgehe, der nicht seine Affären und Bestechungsskandale bekanntermaßen hat oder von dem ich nicht wüsste, dass sein Handeln ausreichen würde für mehrere Prozesse und Verurteilungen. Auch viele, die mit ihm umgehen, wissen das, sind auch selber oft darin verstrickt, was freilich viel zu passiv klingt, als hätten sie irgendetwas erlitten. Dabei sind sie aktiv, nehmen wo sie können und dies unermüdlich, als ob das, was sie errafften, nicht ausreiche. Sondern immer mehr verlangen sie, süchtig danach, nun da sie sich schon in den Kreis der Begünstigten und der zu Begünstigenden eingereiht haben, der Bestechenden und der leicht Bestechungen Annehmenden. Sie erwarten es geradezu und sei dies in Form von Vergünstigungen aller Art, seien es auch Aufsichtsratsposten, wodurch sie zur Lobby der Firma gehören, ohne dass diese Interessenkonflikte sie beunruhigten. Obwohl sie durch ihr politisches Mandat gehalten wären, die Interessen der Allgemeinheit durchzusetzen gegen die Interessen jener, von denen sie eingekauft wurden. Der Zwang wiedergewählt sein zu wollen, wovon ja die Existenz des Einzelnen abhängt, nötigt sie, wie sie meinen, sich immer nur kurzfristig optimal darzustellen und dies in Übereinstimmung aller, für sie relevanter Interessen. Wobei jene Interessen, welche für die Nachkommen notwendigerweise beachtet werden sollten, die Grundwasserversorgung – um nur ein Beispiel zu nennen – natürlich die allerletzten sind. Das heißt sie berücksichtigen sie nicht, sondern nehmen mit, was im Augenblick mitzunehmen ist. Möglicherweise auch im warnenden Gefühl, dass dies Raubritterdasein, diese Ausbeutungsmanier, dies Leben auf Kosten so vieler anderer Leben und deren Wohlfahrt nicht unbe-

grenzt andauern wird, obwohl es bei uns schon satte Jahrzehnte dauert.

Begünstigt wird ihr Verhalten durch ein Klima der Unmoralität, durch die wachsende Zahl der Funktionäre, die auf diese Art leben und langsam durchgesetzt haben, dass es nicht mehr anrüchig ist, so zu handeln, sondern als eine Art Cleverness gilt, als Zeichen einer wachen Intelligenz und als eine Dummheit, sich nicht zu bereichern, zu wessen Nachteil oder Schaden auch immer. So dass jene alte Ordnung nicht mehr funktioniert, die es noch früher – wenn auch oft genug scheinheilig – gab, dass solche Personen gesellschaftlich nicht mehr galten, man mit ihnen nicht mehr verkehrte. Doch das ist längst vorbei. Der Begriff Ehre ist so vollkommen verloren gegangen, dass es durchaus lächerlich wirkt, sich gegen jemanden so auszusprechen, der – immer ab einer gewissen Einkommensgrenze natürlich – sich öffentlich unehrenhaft verhält. Schwierig ist es nur, wenn man selber ohne jeden Einfluss ist, den man anbieten könnte als Gegenleistung für denjenigen, von dem man wünscht, dass er seinen Einfluss für einen geltend macht. Dies hat sich auch so entwickelt, weil alles anonym läuft, die Verantwortung nicht mehr von Einzelnen zu tragen ist, jeder sich jederzeit nur als Bevollmächtigter aufführen kann, nicht zu belangen ist als Person und endlich auch vor sich selber so handelt, als sei er niemals und in gar keinem Fall der Einzelne, der dafür einstehen müsste. Die Korruption konnte aus diesen Gründen rasch um sich greifen, wobei das schwächere Personal sich in der Politik engagiert und die stärkeren Personen in der Wirtschaft. Die Politik gilt erst als zweiter Weg, zu Geld und Ansehen zu kommen, gemessen an dem, was in der Wirtschaft gezahlt wird. Das Erstaunliche ist, dass sich trotzdem Restbestände eines beunruhigten Gewissens noch erhalten. Vielleicht hängt dies mit einer möglichen Sinngebung zusammen, die man meint, nicht ganz vermissen zu können oder deren Mangel man empfindet, wenn man durch die Hinfälligkeit des Körpers in plötzlichen Schrecksekunden versteht, dass man so stabil nicht ist und insofern nicht eine so perfekt funktionierende Person, wie es in diesen Abläufen der Macht, des Einflusses und Gewinns notwendig ist. Dazu auch die Furcht auswechselbar zu sein, je angepasster man war, je weniger man ein eigenes Gesicht gewann. Diese Verleugnung und das Instabile des Eigenen sind die Ursache des immer schnelleren Verfalls von allen sittlichen Überlegungen.

So unempfindlich man also gegen jeden Vorwurf der Korruption ist, wenn es sich um jene handelt, welche die Macht haben, so ängstlich ist man bemüht sich von denen zu distanzieren, die privat ab und zu eine aufmüpfige Meinung in dieser Richtung äußern und meidet jene, als hätten sie eine ansteckende Krankheit und verfolgt sie sogar mit Unwillen und übler Nachrede. Waren früher jene erledigt, die der Unredlichkeit überführt waren, politisch oder geschäftlich, so meidet man nun jene, welche versuchen darauf aufmerksam zu machen.

Dies wollte ich Dir schon seit längerem schreiben, lieber Simon, auch als Erklärung, warum ich mich von allen Ämtern gelöst habe.

Herzlichst, Dein Rudolf

Nie wieder gab es eine Veranstaltung der Bürgerbewegungen wie in Erkelenz 1989. Es war eine große Leistung gewesen, sie zustande zu bringen und ließ sich nicht wiederholen. Vielleicht hatte der Auftritt der tausend Bergarbeiter, diese Machtdemonstration des Konzerns und der Gewerkschaften, doch eine einschüchternde Wirkung gehabt, viel mehr als wir damals ahnten. Von nun an gab es nur noch kleinere Demonstrationen und Aktionen einzelner Gruppen. Das Forum für die Auseinandersetzungen waren danach Informationsveranstaltungen für die Bürger der Dörfer, die umgesiedelt werden sollten. Organisiert wurden sie vom Regierungspräsidium in Köln und von den Bergbaubetreibern. Das waren Pflichtübungen der Politiker, und sie wurden von ihnen auch lächelnd und in der Sache unnachgiebig durchgezogen. Diese Veranstaltungen liefen stets gleich ab, manchmal von Tumulten und wütendem Aufruhr begleitet, manchmal ergeben vom Publikum hingenommen. In Otzenrath war im Saal nur ein Mikrophon im Mittelgang aufgestellt worden. Sodass jeder, der sprechen wollte, aus seiner Reihe herauskommen und erstmal durch den Gang zum Mikrophon gehen musste. Und wenn er oder sie so sprach, wie es den Veranstaltern oben auf dem Podium nicht gefiel, weil die Sätze von ihnen vielleicht Emotionen erweckten, die ihnen unerwünscht waren, dann konnten sie von dort das Mikrophon abschalten. So geschah es, als eine Frau hektisch vor Aufregung in das Mikrophon hineinrief: »Beweisen Sie uns die Notwendigkeit. Es gibt doch genügend Berechnungen, die sagen, man könnte auch anders Strom erzeugen und vielleicht brauchen wir gar nicht so viel Energie. Warum werden diese Vorschläge nicht ernsthaft geprüft?«

Da wurde ihr der Ton abgestellt und vom Vorstandstisch aus erklärt, dass es, wenn nicht um Notwendigkeit, so doch um Vorratshaltung ginge, die notwendig wäre, denn man würde die künftige Entwicklung nicht kennen und sowieso annehmen, dass der Verbrauch ständig ansteigen würde.

»Es ist uns gesagt worden, wir könnten Anregungen und Einwände schriftlich machen. Sie wurden abgeschickt, eingesammelt – aber niemand reagiert darauf. Das sind doch alles nur Ablenkungsmanöver, um uns die Illusion zu geben, wir könnten noch irgendetwas bestimmen ...«, rief ein Herr aus dem Publikum. »Gehen sie bitte ans Mikrophon«, hieß es vom Podium aus, und der Regierungspräsident lächelte leutselig, und die junge schöne Frau, die er mitgebracht hatte und die neben ihm saß und nie etwas sagte, lächelte auch. Mehrere Leute stellten sich schon an, um nacheinander ins Mikrophon zu sprechen. Der erste sagte: »Das Land trocknet aus durch das Abpumpen des Grundwassers von Rheinbraun. Dafür wird jetzt an einigen Stellen künstlich wieder Wasser eingeleitet. Doch was geschieht, wenn dies Land ausgekohlt und für den Konzern unbrauchbar geworden ist? Wer ist dann für die künstliche Wasserzufuhr zuständig, die ja immer notwendig sein wird?« Der Regierungspräsident ließ den Vertreter des Konzerns antworten. Es würde für alles später gesorgt werden, sagte dieser, es gäbe Pläne und Vorstellungen. Die Antwort war sehr unbestimmt. »Entweder beißt man hier auf Watte oder auf Granit«, sagte Joseph. Er stand am Mikrofon und fragte, warum man ihnen einen Standort für ihr neues Dorf angeboten habe neben einer Mülldeponie. Worauf die Unruhe bei den Zuhörern wuchs. Sie waren gekränkt. Was sie aufgeben sollten, wurde nicht als Wert geachtet, nicht gewürdigt das Unersetzbare. Plötzlich standen einige auf, riefen durcheinander, sie ließen sich dies alles nicht weiter bieten. Sie würden behandelt, als seien sie Bittsteller, die man irgendwie abfinden könnte. »Was machen Sie mit all dem Geld, das Sie mit unserem Land verdienen?«, rief ein alter Mann, »Sie kaufen sich ein in den USA und beteiligen sich überall, aber immer weniger hier. Selbst das Geld wandert fort, für uns bleiben nur Almosen.« »Sie nehmen uns nicht nur unser Land, sie verpesten auch den Himmel und stehlen uns das Wasser«, rief ein Mädchen lautstark, damit man sie auch ohne Mikrofon hören konnte. »Es ist ein Krieg gegen uns, Krieg für Energie, die so sinnlos überflüssig verschwendet wird. Verschwendung als Lebensgefühl, als Ersatz für Beständiges, das wir aufgeben sollen«, erklärte der alte Mann, der schon zuvor geredet hatte und nun den Saal verließ. Allmählich ungeduldig geworden, versuchte der Regierungspräsident die Aufgebrachten zu beruhigen. »Geben Sie doch Ruhe! Wir werden das alles mit Ihnen klären. Noch ist gar nichts entschieden.« Doch keiner glaubte ihm. Auch der nächste Sprecher brachte keine Ruhe in die Veranstaltung. Es war ein Landwirt aus Holzweiler. Er stand am Mikrofon und fragte, ob man nicht die Dörfer beim Abbau aussparen, weiträumig nur das Land dazwischen ausbaggern könnte. Auch wenn das natürlich teurer wäre für den Konzern, aber immerhin, so könnten die Dörfer doch erhalten bleiben.

Die Antwort, dass man dann ja nicht alle Kohle herausholen könnte, die dort zu fördern wäre, wurde mit Hohngelächter aufgenommen. Natürlich, das hatte man nicht bedacht, es musste ja alles restlos jetzt und sofort verbraucht werden. Nur nichts zurücklassen! Das Gelächter verebbte langsam und endete in einer verzweifelten Stille. Selbst diejenigen, die zu Kompromissen bereit waren, schwiegen. Es gab keine gemeinsame Sprache zwischen denen da oben und ihnen. Sie dachten an ihr Leben, ihre Sorgen. Die auf dem Podium saßen hatten die Aufgabe, einen Plan möglichst störungsfrei durchzusetzen. Ein Vertreter des Bergbaubetreibers erklärte gutwillig, dass man nicht in kleineren Abschnitten abbauen könnte, weil die Flöze der Braunkohle immer tiefer in die Erde hineingingen. Der Abbau wäre deswegen so angelegt und müsste, wie geplant, das gesamte Gebiet Garzweiler II umfassen, sonst wäre er nicht effektiv.

»Natürlich, der Plan muss erfüllt werden«, sagte Joseph, »auch wenn wir jetzt schon wissen, welche Schäden die Folge sein werden, kann das natürlich nicht zu einem Umdenken führen, nicht bei uns. Es ist ja gerade dies Unerbittliche, was uns auszeichnet, dass wir niemals nachgeben können, denn das hieße ja zugeben, man hätte einen Fehler gemacht. Nein, wir bewegen uns nicht mit dem Leben, wir ziehen auf Biegen und Brechen durch, was geplant wurde, auch wenn es unverantwortlich ist. Kein Krieg, keine Besatzung, keine Naturkatastrophe in all den Jahrtausenden hat unser Land so gründlich vernichtet wie diese Braunkohle-Connection. Und ihre Herrschaft breitet sich immer mehr aus. Was für ein schönes Land und was für korrupte Politiker! Und was für eine ängstliche Gesellschaft, die das alles hinnimmt!«

Die Herren auf dem Podium waren empört aufgestanden. Nur die junge Frau blieb noch einen Augenblick sitzen, unsicher, was sie tun sollte. Dann erhob sie sich langsam und war da oben die einzig erfreuliche Erscheinung, weil sie schön aussah, vollkommen unbeeindruckt von der allgemeinen Erregung. Ein Landtagsabgeordneter, der anwesend war, weil seine Schwiegereltern ein Haus in Otzenrath hatten, warb für gegenseitiges Verständnis, schließlich würden sich alle doch Wachstum und Fortschritt wünschen. Worauf Simon ungewöhnlich scharf erklärte, er könne dieses Reden von Wachstum und Fortschritt nicht mehr hören. Es ginge doch immer nur um Veränderung, denn die bringe Gewinn. »Sie sagen auch, es sei notwendig sich mit Geld abfinden zu lassen, und vielleicht meinen Sie ernsthaft, dass es damit gut sei. Doch ich warne die Politiker, die, für einige Jahre gewählt, Teile des ihnen anvertrauten Landes zur Ausbeutung freigeben. Ein Land ohne Wurzeln achtet man nicht. Es wird nach und nach eingehen wie eine Pflanze, der man die Wurzeln ständig kappt. Wir produzieren Abraum und werden so selber in Massen zu unwertem Abraum.«

Inzwischen war die Frau, die nach der Notwendigkeit gefragt hatte, in Tränen ausgebrochen und lief aus dem Saal, begleitet von ihren Freunden. »Vertrauen Sie der Justiz! Wenn nötig, wird sie das letzte Wort haben. Klagen Sie!«, sagte einer der Herren vom Vorstandstisch. Es klang verlegen.

Tatsächlich wurden viele Klagen eingereicht im Laufe der kommenden Jahre – von den Städten, den Gemeinden, den Kirchen beider Konfessionen, den Naturschutzverbänden und von Privatpersonen. Doch ohne Ausnahme wurden alle abgewiesen, so gut begründet sie auch waren. Wie ein Mantra wiederholte die Landesregierung unermüdlich, dass die Ausbeutung von Garzweiler II notwendig und die Folgen beherrschbar wären. Vielleicht eilte ihr Blick dabei hundert Jahre voraus und erblindete nicht. Doch wahrscheinlicher war, dass die Verantwortlichen sich sagten, in den kommenden hundert Jahren werden so viel Katastrophen über unsere Erde hinweggehen, dass man sich dann auch längst abgewöhnt haben wird, nach Schuldigen zu fragen.

Die Versammlung ging langsam zu Ende. Sie hatte wieder Stunden gedauert. Ich beklagte mich. Wenn man mal ausrechnen würde, wie viele Stunden wir und die 32 000 schon umgesiedelten Menschen mit der uns aufgenötigten Auseinandersetzung mit Rheinbraun verbringen mussten, und das über Jahrzehnte hinweg, und selbst wenn man dann einen extrem niedrigen Stundenlohn ansetzte, käme gewiss ein dreistelliger Millionenbetrag heraus, der uns allen von Rechts wegen als Lohn zustünde. »Das wäre eine interessante Forderung«, sagte Simon, »aber man wird die Krake freisprechen müssen. Letztlich ist nicht sie schuld. Ein Konzern wird gegründet, um Gewinne zu machen. Es wäre Aufgabe des Staates und der Justiz, die Krake zu zügeln.«

Als wir hinausgingen, war es schon dunkel. Wir setzten uns ins Auto. Aber ich hatte keine Lust zu fahren, und auch Simon war müde. Er zündete sich eine Zigarette an, und wir blieben einfach ruhig im Wagen sitzen und sahen die Otzenrather Straße entlang. Wir mochten beide diesen ruhigen Moment vor oder nach einer Fahrt, außerhalb jeder Geschäftigkeit, außerhalb jeden Ortes. Ich sah den aufglühenden Punkt seiner Zigarette und sah die Leute, die aus der Versammlung kamen und an unserem Auto vorbei die Straße hinuntergingen. Ich sah, wie sie wechselnd im Schatten der Wände und im Licht der Straßenbeleuchtung sich entfernten, und ich dachte, was wäre das für ein Film: immer diese eine Straße und die Leute, die sich entfernen … und wieder nah folgen ihnen andere, die sich entfernen, und sie alle verschwinden nach und nach in Häusereingänge oder sind plötzlich verschwunden, weil die Straße eine Biegung macht.

»Vertrauen sie der Justiz«, wiederholte Simon, und es war Trauer in seiner Stimme, als er sagte, »diese hier haben schon verloren«. Dabei wies er auf die Gestalten, die an uns vorbei über die Straße gingen, allein und zu zweit, immer langsamer und noch langsamer, so erschien es mir. Doch plötzlich waren auch sie verschwunden, als hätte die Nacht, die den Erdball jetzt auf unserer Seite umschlungen hielt, sie in sich aufgenommen.

»Hast du die große Schrift gesehen an der Scheunenwand am Ortseingang?: DIES IST GEWINNERWARTUNGSLAND FÜR RWE - GLÜCKAUF DEN AKTIONÄREN – Alles ist maßlos , was hier geschieht«, sagte Simon, »und keine Justiz, keine Politik setzt der Gewinnsucht eine Grenze. Alle wollen teilhaben am großen Fressen – und am Ende werden nur leere Schüsseln übrigbleiben.

Zu Sylvester kam ein dritter Brief von Hinner, diesmal mit einer Adresse aus Kolumbien.

Liebe Schwester, lieber Bruder, falls Ihr noch immer ausharrt, wo Euch der Boden unter den Füßen fortgezogen wird. Warum lasst Ihr nicht alles hinter Euch und kommt zu mir? Ich habe jetzt in Kolumbien eine Farm gekauft, drei Stunden entfernt von Bogotá. Da ich kein Weib habe und auch keins will, bin ich allein hier. Es gibt ein schönes Herrenhaus. Kerstin wird begeistert sein. Ihr könnt alle kommen. Bringt auch Helmut mit. Eure Kenntnisse könnte ich hier gut brauchen. Auch wenn Du noch nie Kakao gepflanzt haben wirst, lieber Bruder. Es wird Zeit, dass wir wieder zusammenkommen. Schickt mir ein Telegramm, wenn Ihr kommen wollt. Euer Hinner

Ich wollte sofort fahren, wollte Hinner wiedersehen und endlich dies Land verlassen. Erst in diesem Augenblick merkte ich, wie sehr ich auf eine Lösung wie diese gewartet hatte. Auch hoffte ich für Simon, dass er dort erneut so kräftig werden würde, wie er früher gewesen war. Wir nahmen den Brief immer wieder zur Hand, so als könnte er uns auch mitteilen wie die Umgebung aussah, als er geschrieben worden war. Der Tisch im Haus von Hinner in Kolumbien, sein Raum, die Terrasse mit Bougainvilleen, und auch Hinners vom Leben gezeichnetes Gesicht, das sich über das Papier gebeugt hatte. Hinner wollte uns wiedersehen, er plante für uns. Der verlorene Sohn kam nicht zurück, sondern holte uns zu sich. Die lange Zeit der Trennung war vorbei. Die Brüder waren einander so unähnlich nicht gewesen. Simon wusste das seit langem. Er würde Hinner schreiben, ihm Pitt ans Herz legen. Pitt könnte später zu Hinner kommen. Aber als ich sagte, wir könnten fahren, wir wären frei zu gehen wohin wir wollten und warum dann nicht jetzt zu Hinner, da zögerte Simon. Er würde Hinner gern wiedersehen. Doch müsste er hier bleiben, hier wäre sein Ort. Später vielleicht könnten wir darüber reden. Jetzt ging es darum, die letzten Schritte zu machen, den Hof aufzulösen, das Haus zu räumen. Da der Hof enteignet werden würde, wenn wir ihn nicht an Rheinbraun verkauften, gaben wir nach und verkauften ihn. Doch das Land verkauften wir nicht, wir verpachteten es nur. Zwanzig, dreißig Jahre lang würde unser Besitz nichts anderes sein als ein Luftraum über der Grube. Was auf dem Grund der Grube gewonnen wurde, gehörte nicht dazu. Später erst, wenn Erde, von anderen Tagebauen genommen, wieder diesen verletzten Teil des Landes schließen würde, sollte das von allen Zeugnissen der Geschichte befreite Land der Familie zurückgegeben werden. Etwas mehr Land noch dazu als Ausgleich, weil es so unfruchtbar war. Dann würde Pitt alles erben und es wäre seine Sache, damit zu machen, was er wünschte. Während Simon dies sagte, war ihm bewusst, dass er alles in den alt vertrauten Dimensionen unserer Erfahrungen plante, während sich zugleich in anderen Zeitdimensionen eine neue Realität installierte, an der wir nicht mehr teilnehmen würden.

Trotzdem versuchte Simon noch mal eine Wende herbeizuführen und schrieb an die Bürgerinitiativen: *Ich bitte euch nur um eins, seid euch darüber im Klaren, dass es jetzt nicht nur um die Geschichte und die Zukunft von jedem einzelnen hier geht, so wichtig das auch ist. Sondern dass es in eurer Macht liegt, euer Land zu erhalten, die Heimat für all jene, die nach uns kommen und die weder einen See noch geschichtsloses, minderwertiges Land erben sollen, das man jahrzehntelang hochgradig künstlich aufpäppeln muss, ohne dass es je die Qualität wieder erreichen kann, die es hatte. Es ist richtig, dass alle Lebensformen sich wandeln müssen. Aber wir selber sollten verändern, was uns notwendig ist, und nicht dulden, dass zwangsweise uns die Entscheidung abgenommen wird, ob wir in der Heimat bleiben wollen oder nicht. Ich weiß, dass ihr verschiedene Probleme habt. Es gibt manche unter euch, die wollen so wenig ihr Land aufgeben, wie ich es will. Sie verstehen nicht, warum es sein muss, warum es nicht ein Tabu ist die Erde zu missbrauchen, und sie wehren sich gegen die Umsiedlung. Natürlich gibt es andere, die keinen Hof haben, kein neues Land brauchen. Sie können mit ihrer Werkstatt umziehen. Vielleicht werden sie auch mehr zu tun haben, wenn die neuen Dörfer gebaut werden. Und es gibt jene, die in Konflikten sind, weil sie bei Rheinbraun arbeiten oder die Firma ihrem Sohn oder ihrer Tochter eine Anstellung besorgt hat. Wir haben hier ja auch das Mafia-Prinzip, Abhängigkeit durch Zuwendung. Aber ich bitte euch, bedenkt, es geht um etwas sehr Wichtiges. Wenn es uns gelingt, hier endlich den Braunkohletagebau zu stoppen, zu verhindern, dass er noch bis in die Mitte des nächsten Jahrhunderts hinein unser Land verwüstet, dann geben wir ein Signal. Wir stoppen wenigstens hier diese unheilvolle Verbrauchsgier, diese Abhängigkeit unseres Lebens von der Entwicklung des Konzerns, dieses Sklaventum, in das man uns bringen will. Je größer der Bagger, je mehr Landverlust in weniger Zeit, je mehr Gewinn für wenige, je mehr Verluste für viele Menschen. Dagegen wehren wir uns. Darum bitte ich euch, verweigert euch diesen Zumutungen. Wenn ihr alle solidarisch Nein sagt, dann wird der Riese klein, weil die Politiker nicht gegen euch alle votieren können. Wenn ihr euch wehrt, ändert sich die Situation. Und bedenkt, wenn ihr verkaufen wollt, es muss nicht der Konzern sein, der euch die Preise diktiert. Wenn ihr es schafft, die Ausweitung der Grube zu verhindern, könnt ihr viel besser später verkaufen. Wartet so lange, dieser Erde zuliebe, besinnt euch auf die Macht, die auch ihr habt. Wehrt euch, macht nicht mit, indem ihr hinnehmt, was sie jetzt als unumstößlich euch präsentieren. Solange ihr mitmacht, wenn auch schweren Herzens und klagend, werden die Politiker dem Konzern geben, was er will, beeindruckt von dessen Stärke. Politiker wollen wiedergewählt werden. Sie haben nur einen Zeitvertrag. Sie tun, was ihr wollt, wenn ihr das einhellig und kräftig genug deutlich macht. Der Konzern will euer Land, euer Haus, die Gärten, die Straßen, die Friedhöfe und Sportplätze, alles was ihr übernommen und angelegt habt. Doch wenn ihr gemeinsam vorgeht, könnt ihr bestimmen, was geschehen wird. Tut nicht, was man von euch verlangt. Legt alle gleichzeitig an einem Tag die Arbeit nieder. Besetzt die Straßen in euren Dörfern, lasst die Gutachter nicht ins Haus. Was immer ihr gemeinsam tut, es wird Wirkung haben.*

Magdas Möbel waren abgeholt worden, ihr Zimmer war jetzt leer. Als Kind hatte ich sie oft gebeten, dass sie die Tür zu ihrem Zimmer nachts ein wenig offen lassen sollte. Nicht oft rief ich nach ihr. Aber es war gut gewesen zu wissen, sie würde mich hören, wenn ich mitten in der Nacht fürchtete, keinen Halt in der Welt zu finden. Nun verschloss ich das leere Zimmer und wollte den Schlüssel weit fortwerfen ins Land hinaus. Wenn ich es dann doch nicht tat, dann nur, weil ich es zu pathetisch fand. Heute weiß ich, Pathos ist unerlässlich, doch müsste man ihn ins Grandiose steigern, um wenigstens augenblicksweise der Bedeutung eines Abschieds gerecht zu werden.

Die letzten Monate auf dem Hof waren eine Verfallszeit mit viel Arbeit. Einmal stoppte Simon mich, als ich gerade wieder irgendetwas heranschleppte, um es in den großen Abfallcontainer vorm Haus zu werfen. »Du solltest dich schonen, Lale. Vergiss nicht, wir sollten auch mal stehen bleiben und lachen.« Er hatte recht, das Lachen fiel mir am Ende des Lebens in Garzweiler schwer. Alles entwickelte sich nach unklaren Regeln. Es kamen nicht mal mehr Plünderer. Zu wenige Häuser waren übriggeblieben, dem Verfall anheimgegeben wie sterbliche Körper. Auch Ugo mit seiner Familie und all die anderen Asylanten waren eines Tages fortgebracht worden, ohne dass wir es bemerkt hatten. Ich forschte nach und fand heraus, dass sie in ein Containerlager gekommen waren, das es am Rande des toten Gebietes gab. Nah der Autobahn und noch näher an einem Hundezwinger für Wachhunde, lag es fernab von jeder Behausung in einem lichten Wäldchen. Es bestand nur aus einer Reihe schmaler Wohncontainer. Die Matratzen, auf der nachts die Menschen schliefen, wurden morgens hochgestellt, damit Platz zum Sitzen da war. Am

Ende der Reihe gab es einen Container mit Toiletten und Waschgelegenheiten. Dort hing auch ein Telefon an der Wand, von dem sie nur im Notfall Rettungsdienste und die Polizei anrufen konnten. Ich besuchte Ugo und seine Familie. Fand die Frauen und Kinder dort, die Männer waren zu Fuß in den nächsten, weit entfernten Ort gegangen, um einzukaufen. Bei uns hatten sie es besser gehabt. Aber die Häuser, in denen sie gelebt hatten, sollten bald abgerissen werden, wahrscheinlich zeitgleich mit unserem Hof.

Es kamen auch keine Busse mehr mit Touristen, um unser *sterbendes Dorf* zu besichtigen. Ich erinnere mich nur noch an einen einzigen und der war angeheuert worden von einer der Bürgerinitiativen. Es waren russische Kinder aus der Nähe von Tschernobyl, die, eingeladen von deutschen Gasteltern, zum Abschluss ihres Urlaubs noch etwas vom deutschen Leben erfahren sollten. Sie hielten dort, wo St. Pankratius gestanden hatte, stiegen aus und sahen sich um. Auf Russisch erzählte ihnen ihre Begleiterin, was hier gewesen war. Sie gingen brav einige Schritte neben dem Bus auf und ab. Vielleicht gefiel ihnen der freie Blick übers Land. Als sie fortfuhren, winkte ich und sie winkten zurück. Ich sah ihre Hände sich bewegen hinter den Scheiben und ihre schönen Gesichter sich zur Seite wenden. Der Blick eines Mädchens traf mich. Es war der Blick einer erwachsenen Frau und sie sah mich so an, als gäbe es etwas Gemeinsames zwischen uns – und ich war gewiss, dass es so war.

Dann kam der Frühling, einer dieser lichten Tage, an denen die Erde sichtbar aufatmet. Ließe man sich Zeit, könnte man zusehen, wie das Gras sich aus dem Winterboden hervorstreckt, wie plötzlich über die Bäume ein Hauch von Grün geworfen wird. Nachts sah ich spät noch Simon am Tisch sitzen und schreiben. Als ich zu ihm trat, schob er mir einige Kästen mit Unterlagen hin und bat mich, diese in die Bibliothek nach Gustorf zu geben. Es waren Aufzeichnungen über den Hof, die er bewahrt wissen wollte. Auch hatte er Kerstin die Adresse des Anwalts geschrieben. Er beendete den Brief an sie und bat mich, ihn am nächsten Tag mitzunehmen, wenn ich zur Post nach Borschemich führe. Ich sagte ihm, es sei nach Mitternacht und er könne schlafen gehen. Aber er wollte noch an Hinner schreiben. Das war eine Überraschung für mich. Er hatte sich entschlossen, Hinner in Kolumbien zu besuchen, und vielleicht würden wir dort auch bleiben, wenn ich wollte. Seit Monaten hatte ich mir dies gewünscht, aber gar nicht mehr versucht, mit ihm darüber zu sprechen. Ich umarmte ihn stürmisch und wir lachten gemeinsam, die Spannung löste sich. Im Sommer würden wir fahren. Ja, im Sommer, wenn hinter uns der Hof in Flammen aufging. Ich beugte mich nochmal zu ihm, mein Arm um seine Schultern, mein Kopf an seinem. Ich küsste ihn auf die Schläfe. »Gute Nacht und bis morgen«, sagte ich. »Bis morgen, Lale«, sagte er, »und schlaf gut.«

Früh am Morgen wachte ich auf. Die Stille hatte mich geweckt. Es war so elendig still, als wäre das Haus schon vollkommen entleert von allem, was hier jemals war. Ich fürchtete mich davor aufzustehen und wartete auf den Schrei, der gleich kommen musste. Er würde kommen, die Stille zerteilen wie einen Vorhang und niemals mehr aufhören nachzuhallen in meinem Kopf. Aber der Schrei kam nicht. Kaum merklich öffnete Helmut meine Tür, die nur angelehnt zum Flur hin offen stand. »Komm«, flüsterte er, seiner Stimme kaum mächtig, »komm schnell ...«

Einige Stunden später waren sie alle um Simon versammelt. Magoni war zuerst gekommen, dann Marmelstein und Joseph und endlich Max. Ich sagte ihnen, dass Helmut und ich Simon versprochen hatten, ihn in unserer Erde zu begraben und dass wir darüber sprechen müssten, weil es heimlich zu geschehen hätte. Auch Magoni und Marmelstein hatten im Laufe des letzten Jahres Simon dies Versprechen gegeben und genau wie wir in der Vorstellung, dass dies einem Geständnis der Freundschaft gleichkam und nicht wirklich auf die Probe gestellt werden würde. Joseph und Max waren überrascht davon. Doch ich wollte sie mit einbeziehen, auch weil sie jetzt schon im Haus waren und Simon so gut gekannt hatten. Joseph war sofort einverstanden. Was immer Simon sich gewünscht hatte, es würde geschehen. Max fand es riskant. Er wollte nicht in irgendetwas Illegales hineingezogen werden. Er drohte, die Polizei zu rufen. Nicht jeden Einfall von Simon müssten wir ernst nehmen. Es gehöre sich, dass er ordentlich auf einem Friedhof beerdigt würde. »Ihr könnt ihn nicht einfach verschwinden lassen«, sagte Max. Marmelstein erklärte, Max sei kein Freund. Er würde sonst nicht im Angesicht des toten Freundes so reden. Magoni bestand darauf, das Versprechen einzulösen. Auch wenn er selber damals nicht auf die Idee gekommen wäre, dass er es eines Tages halten müsste.

»So was können wir nicht tun. Das ist nicht richtig«, schrie Max. Worauf Joseph zornig wurde und fragte, was denn richtig hier wäre? Wäre richtig, dass die Schaufelradbagger das Land zerstören, wäre richtig, dass lebendige Orte einer nach dem anderen zerstört wurden …? Er konnte kein Ende finden damit, aufzuzählen, was alles geschah und was nicht richtig sein konnte vor Gott und den Menschen. Und dann hätten wir Bedenken, einen Freund so zu beerdigen, wie er es wünschte? Nur weil es gegen die Vorschriften wäre? »Du kannst gehen, aber halt den Mund«, sagte er zu Max, »keiner muss etwas tun, was er nicht will.«

So verließ Max uns denn. Wir schlossen das Tor, das den Hofplatz zur Straße hin abschloss und schlossen auch die Läden zur Straßenseite. Jetzt war es gut, dass der Aschoffsche Hof so isoliert in der Umbruchlandschaft lag, so außerhalb von allem normalen Leben, hermetisch abgeschirmt. Früher wäre einer von uns zu den Nachbarn gegangen und hätte den Tod angesagt, so wie es üblich war: »Wir haben einen Toten auf dem Hof.« Aber wir hatten keine Nachbarn mehr, und ich wiederholte mir den Satz. Er drang wie Gift in diese geschäftige Starrheit, mit der ich mich zu schützen versuchte vor dem Wahnsinn der Gewissheit, Simon verloren zu haben.

An diesem Tag regnete es in Strömen, die Furchen der Erde standen voll Wasser. Zwei Nächte später haben wir ihn beerdigt. Wir haben ihn umkleidet mit weißen Laken und mit metallisch glänzendem Stoff, den Marmelstein besorgt hatte. Ganz eingehüllt und verborgen war er. Wir haben einen Platz gesucht möglichst entfernt von der Grube, in der Nähe der archäologischen Ausgrabungen. Wir trugen ihn dorthin, legten ihn auf die Erde und gruben sein Grab. Wir schwiegen während der Arbeit, wie Simon schweigend war. Doch in meinem Kopf fing sein Reden an. Wir kleideten sein Grab mit schweren Planen aus und betteten ihn zur Ruhe. Er lag wie die fremden Urahnen begraben lagen unter der Sakristei der Kirche, nach Osten blickend. Er lag so, wie der Mann in der Erde ruhte, dessen Skelett mit der tiefen Verletzung des Schädels wir gesehen hatten. Magoni sprach das *Vater unser* und »Gelobt seist du Maria«. Ich weiß nicht mehr, sprachen wir das alle, oder habe ich mir das nur vorgestellt, weil ich ständig für mich die Gebete wiederholte. Ein Beschwörungsritual gegen das Böse, um den Toten zu schützen und uns und die Erde. So beerdigten wir ihn, wie er es gewollt hatte, und niemand würde ihn hier finden. Als wir Grassoden über sein Grab deckten, um den Ort unkenntlich zu machen, kam ein Auto. Es parkte neben den dreien, mit denen wir gekommen waren. Max kam näher, und wir umarmten einander. Gemeinsam fuhren wir zurück in den Hof. Der Morgen kam schnell, diese leichte Helligkeit, die alles wegnimmt was Nacht war.

Wir saßen noch eine Weile am langen Tisch zusammen. Die Fensterläden hatten wir wieder geöffnet und auch das Tor, das die Straße vom Hofplatz trennte. Joseph fuhr als erster, Ludmilla erwartete ihn. Magoni umarmte mich zum Abschied wie ein Ertrinkender, dann löste er sich und war wieder für sich, entfernt von uns, doch seine Augen waren voller Tränen. Max öffnete schon von weitem die Türen seines Autos automatisch, damals noch eine Seltenheit. Er wandte sich mir zu und sagte: »Wir haben es falsch gemacht, wir hätten gleich gehen sollen, vor zwanzig Jahren schon, als dies hier beschlossene Sache wurde. Aber Simon wollte immer bleiben.« Dann packte er mich plötzlich mit beiden Händen an den Schultern und sagte: »Du weißt, er war kein Realist. Und doch wünschte ich, ich wäre wie er.« Damit ging er fort. Ich sah ihm noch nach und lief ins Haus zurück. Hörte Marmelstein mit Helmut in der Küche reden, ging aber nicht zu ihnen, sondern durch den Flur in den Essraum, in das kleine Büro, die Kantine …

Ich sah mir alles an und erkannte, alles war so, wie

ich es zuvor nie gesehen hatte. Es war unheimlich, nicht weil Dämonen oder Geister anwesend waren, sondern weil gar nichts da war. Das Haus war so, als sei es schon an die Abrissfirma übergeben worden, seelenlos, kalt und abstoßend. Was hatte ich bis dahin alles dort hineingesehen, wie war ich verwoben gewesen mit all den Geschichten und Sehnsüchten – und jetzt nichts als Wände, Böden und herumstehendes Mobiliar. Alles alt, ziemlich ungepflegt schon, manches schön in der Form, aber überholt von der Zeit. Ich wünschte, dies alles sollte sich auflösen, Platz machen, damit der Himmel sich ausbreiten konnte. Ich wollte kein Dach mehr überm Kopf haben, wollte frei sein, auf der Erde liegen, wie Simon gelegen hatte, bevor wir ihn in die Grube legten und die Tücher über seinem Gesicht schlossen.

Als Marmelstein zum Auto ging, lief ich hinter ihm her, wollte mit ihm fahren. Nur fort von hier und nie mehr zurück. Er versuchte mich zu beruhigen, sagte, ich müsse jetzt schlafen gehen, bliebe ja auch nicht allein im Haus. Helmut wäre noch da. Er machte sich vorsichtig los aus meiner Umklammerung, ich müsse vernünftig sein. Irgendwann war ich es auch, denn ich begriff, er wollte allein fortfahren. Meine heftige Erregung, dieser so ungestüme Ausbruch von Angst und Wildheit ließen ihn zurückschrecken, als wäre er nur gut für ein sanfteres Feuer. Als wir später noch einmal darüber sprachen, nannte er es meine Wahrheit. Die Wahrheit, dass ich ihn gar nicht gemeint hätte, als ich mich an ihn klammerte. Ich widersprach ihm nicht, obwohl ich ihn damals gerade in dieser Situation heftig begehrte und mit ihm fortgegangen wäre, wohin auch immer. Das war unser Augenblick gewesen, und er ging vorbei.

Helmut sagte, wir sollten das Haus bald verlassen. Und er hatte recht, warum noch zögern fortzugehen. Alles war zu Ende hier. In den wenigen Nächten, die ich noch im Haus blieb, konnte ich nicht schlafen, wanderte von einem Raum in den anderen, über den Hof und zurück und meinte immer wieder, mich schreien zu hören. Man steht neben sich in der Trauer. Die tätige Person agiert, tut was notwendig ist, während die trauernde unfähig ist zu allem, verstört nur dem Toten folgen möchte. Als ob er sie trösten könnte, ihr helfen, sodass sie nicht nur seine Abwesenheit, sondern die Unmöglichkeit erträgt, ihn je wieder zu erreichen.

Alle sind fortgegangen, die hier im Haus lebten, einer nach dem anderen. Simon war der Letzte, nach ihm zerfallen die Mauern, Wind weht durchs Haus. Nichts von dem findet sich wieder, was zerstreut wurde. Wie selbstverständlich er da war. Das Haus ist Zeuge, wie die Straße vorm Haus, jeder Stein, der unter seinem Fuß war. Er wandte sich nur ab, kehrt sich gleich wieder um zu mir ... Welch eine Illusion, mit der ich mich selber betrügen möchte. Doch der Schmerz bricht auf, so viel wir uns auch ablenken. Er gibt sich zu erkennen wie eine verheimlichte Tat, die nach Rache verlangt, und tritt hervor in den unbewachten Momenten, im Schlaf, in den traumwachen Augenblicken, dann ergreift er uns, die wir ihm ausgeliefert sind. Der Körper vermag nicht mehr, den Schrei abzuwehren, dieser nicht endende Entsetzensschrei über den Tod, über den Tod des einen, der nicht gehen sollte und der nie wiederkommt, der abwesend bleibt. Als blickte ich in eine unauslotbare Tiefe, kommt der Widerhall des Schreis mir entgegen, hüllt mich ein. Doch bin ich es selber, die schreien will, die schreit, aber keinen Laut ausstößt, erstickend würgt, vor dem Schrecken verstummt. Er ist tot, nicht mehr unter den Lebenden, hingemordet vom Tod, gewaltsam entrückt mir. Niemals mehr wird sein Blick dem meinen begegnen, diese schnelle Verständigung über alles Sagbare hinaus. Wie gut das Alltägliche war: »Gute Nacht und bis morgen.« Und seine Antwort, »bis morgen, Lale«. Was für ein hoffnungsvolles Wort – morgen, nun ein Echolot, das nichts mehr sendet.

Ich kann nicht mehr weiterschreiben, Simon. Deine Geschichte geht dem Ende zu. Du konntest gelassen sein, dir geschah es, während ich dich begleitete, ich von dir erzähle. Draußen ist es so dunkel geworden, dass ich nicht mal mehr die Äste des Baumes vorm Fenster erkennen kann. Die Stehlampe habe ich näher an den Schreibtisch gestellt. Wenn ich lange schreibe, ermüden meine Augen und brauchen mehr Licht. Die Tür ist angelehnt, so kann ich sehen, dass das Treppenhaus noch dunkel ist. Wenn das junge Paar mit dem Kind zurückkommt, werde ich einen Lichtschein sehen. Sie wohnen unten im Haus, wo du einziehen solltest. Sie lassen nachts das Licht im Treppenhaus brennen. Jetzt ist es dunkel dort. Sie sind noch nicht gekommen. Bald werden sie ausziehen. Ihr Kind findet hier keine Spielgefährten mehr. Die Nachbarn sind schon fortgezogen. Alles wiederholt sich hier, was wir in Garzweiler erlebten, Schritt für Schritt die Lähmung, der Verfall. Die Häuser verfremden sich. Die Jalousien bleiben unten, die Türen verschlossen, das Unkraut wuchert in den Gärten. Selbst das bescheidenste Haus erscheint so etwas Besonderes zu sein, schon ein Denkmal vergangenen Lebens. Niemals zuvor beachtete ich sie wie jetzt, da sie schon das Zeichen des kommenden Abbruchs tragen.

Einige Menschen kannte ich, die in den Häusern lebten. Auch die, die eilig fortgingen, beginnen im Nachhinein noch einmal in Gedanken dort sesshaft zu werden, wo sie so lange lebten. Was auf diese Art verschwindet, hinterlässt tiefe Spuren.

In Borschemich gibt es keine Gaststätte mehr. Auch in Kyenberg, unserem Nachbarort, wird die letzte noch erhaltene Wirtschaft nur gelegentlich geöffnet. Das gesellige Leben stirbt aus. Ich fahre oft bis Holzweiler, wenn ich abends etwas essen will. Es gibt dort nichts Besonderes, Currywurst, Schnitzel und Pommes frites, aber die Wirtschaft gefällt mir, sie liegt neben der Kirche, gegenüber einem Kriegerdenkmal. Vorne im Schankraum läuft stets der Fernseher, in einem hinteren Raum wird gekegelt. Obwohl der Bagger erst in 20 Jahren Holzweiler erreichen und in die Grube eingemeinden wird, ist jetzt schon spürbar, dass der Ort gefährdet ist. Die Dörfer im Abraumland verlieren Kraft, sie verblühen. Es ist wie ein Pesthauch, der der Grube vorauseilt und alles Leben langsam lähmt und absterben lässt. Wir haben es nicht verhindern können, Simon. Wir haben es nicht geschafft, eine Barriere zu bilden, die Krake zurückzudrängen, wenigstens diese Dörfer hier zu bewahren. Drei Jahre nach deinem Tod entschied die Landesregierung sich zu Gunsten der RWE power. Ich höre dich spotten, power – die Kraft für die wir das Futter sein sollen. Ja doch, die Krake muss genährt werden. Sie musste sich aber anstrengen um zu gewinnen, du erinnerst dich. Du hast die 1000 Bergarbeiter erlebt, die damals aufmarschierten auf unserer Veranstaltung in Erkelenz. Es kam noch viel schlimmer. Als es durch den Wechsel politischer Konstellationen so erschien, als könnte unser Land verschont bleiben, da drohte die Gewerkschaft mit einem Aufmarsch von 100 000 Bergwerksleuten vor dem Landtag zu Gunsten der Pläne von RWE power. Und welche Partei kann es sich leisten, auf so viele Stimmen zu verzichten. Unsere Demokratie wird von Parteien beherrscht, und ihre Entscheidungen werden von ihren parteiinternen Interessen bestimmt. So startete das Projekt Garzweiler II planmäßig. 2006 wurde die A 44 weggeräumt, und die Grube wuchs in unsere Richtung, nahm Pesch, Spenrath und nun auch Otzenrath ein. Helmut lebte dort bei Joseph und Ludmilla und zog mit ihnen dann nach Neu-Otzerath. Er starb voriges Jahr. Magda besuchte mich hier und ich war in Juchow, bevor sie starb, das war vor drei Jahren. Der Lehrer ist zu seiner Frau und seinem Sohn nach Indien gezogen. Dem Jungen soll es besser gehen. Marmelstein arbeitet jetzt in Aleppo. Ab und zu vergewissern wir uns telefonisch, dass der andere noch lebt. Von Hinner habe ich schon lange nichts gehört. Damals bin ich nicht zu ihm nach Kolumbien gefahren. Ich wollte in Borschemich bleiben, nah bei dir und unserem Land. 2003 holte der Bagger die Erde, in die wir dich legten.

Kerstin schickte mir eine SMS und fragte, was ich dazu sage, dass man dich nun für tot erklären wird. Ich habe ihr damals deinen Tod verschwiegen. Wir alle, die beteiligt waren, haben geschwiegen, damit du in Ruhe dort bleiben konntest, wo du begraben sein wolltest. Ungewöhnlich war, sie fragte in all den Jahren nie nach dir. Sie wollte es nicht wissen oder ahnte, dass ich nichts sagen würde. Wahrscheinlich trafen wir uns deswegen nicht mehr, schickten uns nur Grüße zu Geburtstagen und zu Weihnachten. In den ersten Jahren rief ich sie noch manchmal an und fragte nach Pitt. Aber auch das hörte irgendwann auf, weil ich merkte, es war ihr lästig. Geradeso als würde ich einen Anspruch erheben, von meinem Neffen zu erfahren, ob es ihm gut ginge bei seiner Mutter. Woran ich übrigens nie gezweifelt habe.

Magoni hat deinen Tod beurkundet. Ich kann Kerstin das Dokument geben. Doch vielleicht ist es einfacher, es jetzt bei der Todeserklärung zu belassen. Das ist nichts anderes, als würde dir ein neuer Pass ausgestellt, eine Kennkarte, Krankenkarte, ein Führerschein oder ein Identifikationsnachweis mit fortlaufender Nummer, wie ihn nun jeder Mensch und auch schon jedes Neugeborene bei uns besitzen muss. Andererseits weiß ich nicht, ob das in deinem Sinne sein würde, bürokratisch mit einem anonymen Todestag erfasst zu werden, abgespeichert in diesem Wust von Daten als einer der Zeitverlorenen, deren Ende im Nirgendwo landete. Wenn du das nicht willst, könnte ich erzählen, was ich weiß. Nein, ich frage dich nicht. Ich habe verstanden, der Vorteil der Toten ist, nicht mehr antworten zu müssen. Doch es hilft mir, mit dir zu reden, einerlei wie fern oder nah du gerade bist. Im Aschoffschen Hof sprach unsere Großmutter immer von der Anwesenheit der Toten. Diese ist nicht zwingend notwendig, aber sie tut gut. Wir sind dann nicht nur für uns selber verantwortlich. Freilich, dies gehört auch zu der Welt von gestern.

Kerstin war niemals hier, aber Pitt hat mich einmal besucht. Das war, als er achtzehn wurde und ich ihm das Album mit den alten Fotos der Familie geschickt hatte. Er wollte wissen, wie du warst. Ob er dir ähnlich sei. Ja, in gewisser Weise schon, die Stimme erinnerte mich an deine und die leichte Ungeduld, wenn er sich langweilte. Ich fand ihn schnell im Urteil, wendig und freundlich. Auch das Ungewöhnlichste war für ihn normal, ich konnte weder Erstaunen noch Empörung bei ihm wecken. Er interessierte sich für den Kampf um den Erhalt unserer Dörfer, aber hielt dies für eine abgeschlossene Geschichte, ohne sehen zu wollen, dass sie sich fortsetzt.

Dabei geht der Abbau hier unentwegt weiter und fast immer auf dieselbe Art. Soviel sich auch seit der Mitte des letzten Jahrhunderts verändert hat, dies blieb sich immer gleich, das Warten auf die Vernichtung und dann das langsame Entrollen dieser Phase – sei es in dem Zeitraum vor sechzig-vierzig Jahren in den Dörfern Grefrath und Mödrath oder vor vierzig-zwanzig Jahren in Garzweiler, Hambach, Inden und nun immer noch dort und hier weiter voranschreitend. Gleichmäßig für alle das Ende und dies doch wieder für jedes Dorf verschieden. Wie jeder Mensch so hat auch jeder Ort seinen eigenen Tod, einer blieb länger im Koma, ein anderer wurde heftiger von Klagen begleitet, doch unersetzlich waren alle. Ihre Zerstörung ein Menetekel für das, was vielerorts beginnt. Die Natur nährt, die Technik verzehrt. Das ist ein alter Spruch. Wir glauben an den Reichtum durch Technik und sehen doch , dass die Armut ständig wächst. Unfruchtbar ist die Technik, die mehr verbraucht als sie erschafft. Wir gleichen das aus, indem wir Schulden machen und können kein Maß dafür finden. Erkennbar wird dies, seitdem die Heilserwartung, der Markt würde alles von alleine richten, sich spätestens 2008 als Illusion erwies. Das war das Aufreißen eines Vorhanges, den wir für eine Wand gehalten hatten, und sichtbar wurden labyrinthische Verbindungen und Verstrickungen. Ich erinnere mich, du sagtest, wir können die Krake nicht aufhalten, sie wird erst zugrunde gehen, wenn sie alles kahl gefressen hat und nichts mehr bleibt, wovon sie sich nähren kann. Am Mangel, den sie geschaffen hat, wird sie eingehen. Nun hat sie sich selber so gefährdet. Es könnte eine Wende geben, einen Aufbruch und jammerschade ist es, dass du dies nicht erlebst. Es würde eine Genugtuung für dich sein, auch wenn du nicht der Mensch warst, um dich daran zu erfreuen, recht gehabt zu haben.

Ich versuche Kerstin anzurufen. Aber nur der Anrufbeantworter schaltet sich ein und ich sage, »hier ist Lale, ruf mich mal an, es wäre gut, miteinander zu sprechen«.

Etwas später kommt eine E-mail von ihr: *Liebe Lale, wir sollten das erst mal mit der Todeserklärung so einfach wie möglich regeln. Später würde ich dann gerne schon wissen, was geschah. Du warst immer eifersüchtig auf mich, so haben wir nie aufrichtig miteinander gesprochen. Ich nahm immer an, dass Simon starb, nachdem es den Aschoffschen Hof nicht mehr gab. Er hätte sich sonst um Pitt gekümmert und mich gesucht. Gib mir nur kurz Nachricht, ob wir jetzt der Bürokratie ihren Lauf lassen wollen. Ich habe mir übrigens aus dem Internet das* Gesetz zur Todeserklärung *ausgedruckt. Es ist noch gültig unterschrieben: Der Führer und Reichskanzler Adolf Hitler. Das hätte Simon amüsiert.*

Herzlichen Gruß, Kerstin

Ich antworte gleich: *Liebe Kerstin, in Borschemich sieht es jetzt aus wie damals in Garzweiler, als Du fortgingst. Weißt du, dass Du im Internet viele kurze Filme finden kannst, die damals gedreht wurden und die man erst jetzt ins Netz gestellt hat? Du kannst dort alles sehen, das letzte Schützenfest und Kamerafahrten durch unser Dorf, als nur noch wenige Häuser übriggeblieben waren und die B 1, die ehemals – von Aachen über Berlin nach Königsberg – bei uns vorbeiging, in der Grube endete. Es wäre schön, wenn Du kommen könntest. So viel sollte ich Dir erzählen.*

Herzlichen Gruß, Lale

Liebe Lale, bei YouTube kannst Du eine Aufnahme aus dem Weltraum finden, die ein US-Pilot von der Grube machte. Er brachte sie direkt ins Internet, weil es so unglaublich war, was er da mitten in Deutschland sah. Es sieht aus, als hätte jemand eine riesige rostfarbene, keilförmige Plane über die Erde ausgelegt, die alles Leben erstickte. Weil es so spektakulär ist, fällt es dann doch mal im Weltraum auf. Aber was bei Euch geschieht, geschieht jetzt überall, wird nur nicht optisch so deutlich. Hier bei uns wie in anderen Städten verkaufen die Politiker die Straßen und Wasserwerke und die Kanalisation und alles, was Gemeingut ist, an irgendwelche internationalen Investoren. Es ist der größte Ausverkauf, der Raubzug mit dem größten aller Netze. Ich frage mich nur, wann sind wir so viele, die sich empören und aufstehen dagegen, dass es endlich bemerkt wird und Kreise zieht. Aber noch schläft das Land. Kommen werde ich später mal, jetzt habe ich so viel zu tun. Wie alle Leute habe ich nie Zeit. Deine Kerstin

Ich bin überrascht. War das Kerstin, die Frau, die vor achtzehn Jahren noch einmal zum Hof kam, kurz bevor er abgerissen wurde und als Simon schon tot war, und die mit roten Stöckelschuhen über das Land ging und alles unerträglich lästig fand? War sie doch

Simon ähnlich gewesen, wie er immer behauptet hatte? Oder lag das an der Zeit, was hatte sich geändert in diesen zwei Jahrzehnten? Ich bedauere, dass ich so unaufmerksam war und gar nichts von ihr wusste. Ich antworte:

Liebe Kerstin, die Missionare in Brasilien konnten den Stamm der Bororo erst bekehren, nachdem sie die Struktur ihrer Dörfer verändert hatten. So wurden die Eingeborenen ihrer Tradition beraubt, die verbunden war mit einem religiösen sozialen System, das durch die Anordnung des Dorfes ihnen Sicherheit gegeben hatte. Die Ausrichtung nach einer bestimmten Himmelsrichtung der Hütten und die Wiederholung der eigenen Wege innerhalb dieses Systems, das alte Verbindlichkeiten, ja Spiegelungen des Himmels waren, hatten ihnen Kräfte gegeben, von denen sie sich nun, durch die Veränderung ihres Umfeldes, abgeschnitten fühlten, ja desorientiert. Wir haben auf all das viel zu wenig geachtet, und nichts von dem auf uns bezogen, was wir hörten und sahen.

Lieben Gruß, Deine Lale

Ihre Antwort ist diesmal kurz:

Schreib alles auf für mich und Pitt, und gib mir das Datum durch. Wann war es, dass Simon starb? Kerstin

Ich tippe in mein Handy eine SMS: *15.3.1992.* Das war der Schlussstein im Gewölbe seines Lebens.

Unten im Haus geht jetzt das Licht an. Das junge Paar mit dem Kind ist zurückgekommen. Auf meinem Computerschirm ein Pausenspektakel. Ich starre auf simulierte Fische, perfekt künstliche, die, scheinbar nach Luft schnappend, an die flache Scheibe stoßen, als wären sie in einem Aquarium. Mit einer Bewegung meiner Hand auf der Tastatur lasse ich sie verschwinden.

Ich werde aus dem Haus gehen, meine nächtlichen Fahrten bis zum Rand der Grube wiederholen, nachsehen wie weit sie uns näher gekommen ist. Ich fahre an Spenrath vorbei, wo schon die Fundamente der Häuser herausgeholt wurden. Löcher sind geblieben, in denen sich Wasser sammelt, überwuchert an den Rändern mit Gras. Auch die tiefen Spuren der Raupenschlepper stehen voll Wasser. Abseits zermahlener Schutt, Haufen von geschreddertem Holz, dort wo die Allee war. Abbruch des Weges, der nach Otzenrath ging. Nun bin ich der Grube schon sehr nah. Die Lichter in ihr brennen die ganze Nacht. In Sichtweite steht der größte aller Schaufelradbagger. Ich höre ihn gleichmäßig arbeiten. Trotzdem gehört er schon zur Vergangenheit. Ein Anachronismus, denke ich, wir werden anders leben. Vielleicht wird er später übrigbleiben, weil es zu kostspielig wäre, ihn zu zerlegen. So wie Panzer zum Gedenken an irgendwelche Schlachten aufgestellt wurden, könnte er eines Tages am Rande eines Abraumgebietes verrostet stehen zur Erinnerung an eine hemmungslose Zeit. Ich werde nicht mehr lange bleiben.